LE BIJOU
DES DEMOISELLES,
OU
LE PASSE-TEMPS
DE LA JEUNESSE

LE BIJOU DES DEMOISELLES,

OU

LE PASSE-TEMPS DE LA JEUNESSE;

RECUEIL

De jolies Romances et Ariettes, et autres Chansons choisies.

A ROUEN,

Chez LECRENE-LABBEY, Imp.-Libraire, Grande-Rue, n°. 7.

On trouve chez le même Libraire un assortiment complet d'Almanachs chantans en tout genre, d'Etrennes et d'Almanachs de toute espèce, de Bibliothèque Bleue, d'Images, etc. etc.

LE BIJOU DES DEMOISELLES.

LA ROSE D'AMOUR.

Dans le jardin de la vie,
Sur un arbuste épineux,
Une fleur de fantaisie
Quelquefois charme nos yeux.
Son élégante parure
Souvent ne brille qu'un jour;
Ce trésor de la nature
S'appelle rose d'amour. *bis.*

Au printemps, si l'on respire
Le parfum de cette fleur,
La raison perd son empire,
Les sens maîtrisent le cœur.
L'existence est une ivresse
Plus vive de jour en jour,
Qu'on croit prolonger sans cesse
En cueillant rose d'amour. *bis.*

Mais à peine elle est cueillie,
Que tous nos sens satisfaits,
De cette fleur si jolie,
Ne prisent plus les attraits.
Grâces, couleurs purpurines,
Tout s'éclipse en un seul jour !
L'œil ne voit que les épines ;
Adieu la rose d'amour. *bis.*

LE FRUIT DÉFENDU.

Le vrai péché du premier homme
Et de la femme fut, dit-on,
D'*avoir mangé certaine pomme*,
Qui leur fit perdre la raison.
La femme pécha la première ;
Et depuis ce temps on a vu
Que toutes tiennent de leur mère,
En aimant le fruit défendu. *bis.*

Car, dites-vous à jeune fille
De ne point avoir un amant,
Dès ce moment son cœur pétille
De faire ce qu'on lui défend.

C'est qu'elle sent alors dans l'ame
Combien est foible sa vertu,
Et que pour tenter une femme,
Rien ne vaut le fruit défendu. *bis.*

Après un temps, suivant l'usage,
Elle ne peut le démentir;
L'on voit bientôt à son corsage
Qu'elle a satisfait son désir.
Elle vous dit pour sa défense :
Pour n'ignorer rien, j'ai voulu
Connoître toute la science
Que donne le fruit défendu. *bis.*

Tel est de nous le caractère,
C'est de venir à bout de tout;
Car nous faisons tout le contraire
En contrariant notre goût.
C'est en vain que chacun se fonde
Sur son bonheur, sur sa vertu;
Le plus sage de tout le monde,
Ne hait pas le fruit défendu. *bis.*

ROMANCE

DU BAISER ET LA QUITTANCE.

A son Page un méchant Baron
A promis l'innocente Adèle,
Si, sans faire rougir son front,
Le Page obtient un baiser d'elle.
S'il n'y parvient, il doit périr;
Ah! grand Dieu, quelle barbarie!
De punir de mort un plaisir
Qui nous fait tant aimer la vie.

Près d'elle il vient sous les habits
D'un vieux marchand de tourterelles;
Il demande baiser pour prix
De chacun des couples fidèles.
Hélas! il se voit refuser.:
Bon dénicheur, tes oiseaux mêmes
M'ont enseigné que le baiser
N'est dû qu'à celui que l'on aime.

L'un des oiseaux, au même instant,
Vers Adèle a pris sa volée;
Sur ses yeux il va becquetant
Si que sa vue en est troublée;

L'heureux Page, inspiré soudain,
Comme l'oiseau s'approche d'elle,
Et va si doux que le larcin
Semble baiser de tourterelle.

CHANSON

DE : IL NE FAUT PAS CONDAMNER SANS ENTENDRE.

AIR : *La pitié n'est pas de l'amour.*

Souffrez qu'à mon devoir fidèle,
Je puisse embrasser vos genoux ;
Et qu'une tendresse éternelle
Fléchisse enfin votre courroux.
Avec bonté daignez m'entendre,
Oubliez mes torts en ce jour ;
Et qu'au fond de votre ame tendre
L'amitié pardonne à l'amour. *bis.*

Ah ! cédez à notre tendresse,
Agréez nos soins caressans ;
Il est bien doux dans sa vieillesse,
D'avoir pour amis deux enfans.
Eh ! quelle volupté plus pure,
Que d'unir chez soi tour à tour,
Aux doux élans de la nature,
L'amitié, l'estime et l'amour ! *bis.*

ROMANCE.

De ce ruisseau l'onde paroît moins pure ;
Sur ce gazon je ne vois plus de fleurs ;
Le vent détruit la feuille qui murmure ;
Tout semble, hélas ! partager mes douleurs.

Oui, comme vous, triste et mourant feuillage,
Des jours sereins avoient su m'embellir ;
Quand vous souffrez des vents et de l'orage,
D'un mal secret je me sens dépérir.

Vous renaîtrez, et la saison nouvelle
Pour vous sera prodigue de présens ;
Moi seule, hélas ! à la douleur fidelle,
Sans en jouir je verrai le printemps.

LES REGRETS,

ROMANCE.

Ah ! que j'aime ce sombre asyle,
Ces prés, ces monts et ces forêts !
Du moins, ici seul et tranquille,
Je puis exprimer mes regrets.
Aglaé je t'ai délaissée,
Sans toi je ne sais que gémir ;
De ma félicité passée
Je n'ai plus que le souvenir. } *bis.*

En te perdant, ma bien-aimée,
Hélas ! j'ai perdu le bonheur ;
Le désir d'une renommée
N'a plus d'empire sur mon cœur.
Depuis cette funeste absence
En vain cherchai-je le plaisir ;
Je ne trouve de jouissance
Que celle de ton souvenir. } *bis.*

Exempt de soin et de tristesse,
Je vivois heureux près de toi ;
Pour prix de ma vive tendresse
Tous tes baisers étoient pour moi.
Maintenant, quelle différence !
Je passe mes jours à gémir,
Et je n'allège ma souffrance
Qu'en retraçant ton souvenir. } *bis.*

LA COUSINE.

AIR : *Bouton de Rose.*

UNE Cousine
Jeune et jolie est d'un grand prix,
Que ce soit Sophie ou Rosine,
Tout bon Cousin doit être épris
De sa Cousine.

POUR sa Cousine
Qu'on est doux, aimable, poli !
Et suivant l'ancienne routine,
Sans conséquence on est l'ami
De sa Cousine.

CHEZ sa Cousine
Matin et soir on est admis ;
On rit, on chante et on badine :
Mille petits jeux sont permis
Chez sa Cousine.

A sa Cousine
On rend des soins assiduement ;
Et si le censeur vous chagrine,
On répond bien innocemment :
C'est ma Cousine.

A sa Cousine
On ne fait point de compliment ;
Mais sans scrupule, à la sourdine,
On reçoit un baiser ardent
De sa Cousine.

Une Cousine
Est vraiment le bien le plus doux ;
Chacun le sait, on le devine ;
Ainsi je vous souhaite à tous
Une Cousine.

LES QUERELLES.

AIR : *Sur un Sopha, dans un boudoir.*

L'AMOUR n'aime point les querelles :
Au moindre bruit il prend l'essor ;
C'est pour les fuir qu'il a des ailes ;
Belles, gronderez-vous encor ?

COUPLETS

DE L'AMOUR ROMANESQUE.

Assise au bord d'un clair ruisseau,
Une innocente pastourelle
Soupire sa plainte à l'écho;
Et l'écho répète avec elle :
Ah ! quel tourment, ah ! quel souci
De vivre loin de son ami ! *bis.*

Hélas! peut-être en d'autres lieux
Quelque nouvel amour l'engage;
Mais ailleurs l'aimera-t-on mieux
Que je ne l'aimois au village !
Ah ! quel tourment, etc.

Depuis qu'il a trahi sa foi,
L'ingrat qui fait couler mes larmes,
Les beaux jours sont changés pour moi
En jours d'ennuis, en jours d'alarmes.
Ah ! quel tourment, ah ! quel souci
De vivre loin de son ami ! *bis.*

ÇA N'SE DONN' PAS.

Air : *Ça n'se donn' pas.*

Nos pères nous donnent la vie,
Et c'est un fort joli présent;
Parfois, au gré de notre envie,
Ils nous fournissent de l'argent;
Mais envain l'on se met en tête
De faire un savant dans ce cas;
De l'esprit lorsque l'on est bête,
Ça n'se donn' pas.

Claude arrivant de son village,
A Paris devient amoureux,
Chez fillette à gentil corsage,
Chaque soir il fait les doux yeux :
Mais dans sa flamme, sans égale,
S'il veut avoir certains appas,
Il voit que, dans la capitale,
Ça n'se donn' pas.

Grimardin s'est fait une étude
De chercher toujours des procès;
Il est riche, et son habitude
Est d'avoir partout du succès;

Pour peu qu'il entre encore en lice,
Ah! plaignons-le, car ici bas,
On sait fort bien que la justice
Ça n'se donn'pas.

De ses vers tout seul idolâtre
L'écolier qui se croit auteur,
Va porter à chaque théatre
Des pièces chez le directeur;
On les annonce, il vient du monde
La première fois, c'est le cas,
Car on sait bien qu'une seconde
Ça n'se donn'pas.

Lorsque le mal trop fort tourmente,
Nous appellons un médecin;
Chez nous, pour remplir notre attente,
Il arrive soir et matin;
Il fait passer la maladie;
Mais pour un docteur, dans ce cas,
Un brevet de plus longue vie,
Ça n'se donn'pas.

*

LES FAVORIS.

AIR : *Du Vaudeville de Claudine.*

Tous les dons de la nature
A mes yeux ont un grand prix.
Amis, j'ai fait la gageure
De chanter les *favoris*.
J'ai mille raisons pour une;
Car j'ai vu qu'en tout pays,
Souvent on fait sa fortune
En chantant les *favoris*.

Aux belles quand on veut plaire,
Sans *favoris* on a tort;
Pour arriver à Cythère
Ils servent de passe-port.
A cet augure, les femmes
Attachent toujours du prix;
Et maint *favori* des dames
Le doit à ses *favoris*.

Si la nature en partage
Ne les a donnés qu'à nous,
De ce frivole avantage
Le beau sexe est peu jaloux.

J'en jure par sainte Barbe,
Plus d'une femme à Paris,
Quoiqu'elle n'ait point de barbe,
A beaucoup de *favoris*.

ROMANCE

DU BAISER ET LA QUITTANCE.

Ces ouvrages qu'on admire,
Pour mon cœur n'ont plus d'appas;
Le bonheur peut s'y décrire:
Mais il ne s'y trouve pas.
Quelle seroit donc la cause, *bis.*
De cet étrange tourment? *bis.*
Me manque-t-il quelque chose? *bis*
Apparemment, apparemment.

Tout m'ennuie, tout m'indispose,
Mon crayon m'est importun;
Si je dessine une rose,
J'en regrette le parfum.
Quelle seroit donc la cause, *bis.*
De cet étrange tourment? *bis.*
Me manque-t-il quelque chose? *bis.*
Apparemment, apparemment.

COUPLETS

Extraits de la vieillesse de Piron.

Air nouveau de Doche.

Dès qu'Amour lui parle à l'oreille,
Au cœur de fillette s'éveille
Désir ardent.
Inquiète de son martyre
Elle hésite, cherche et soupire,
En attendant.

L'Amour paroît, mais autre affaire,
Voilà qu'aussitôt le mystère
Dit : « Un moment....
Fillette n'a dans son ivresse,
Par-ci, par-là, qu'une caresse,
En attendant.

L'Hymen arrive; heureux délire!
Mais bientôt son ardeur expire;
Quel accident!
Et comme avant son mariage,
La pauvrette est dans son ménage,
En attendant.

LE VOYAGE

AUTOUR DE MON LIT.

AIR : *Tenez, moi, je suis un bon homme.*

Je sais que souvent on se blouse
A vouloir trop loin s'engager ;
Et lorsqu'on songe à La Peyrouse,
On craint un peu de voyager.
Son sort ne me rend pas plus sage :
Tous deux à courir destinés ;
Moi, je n'ai qu'un risque en voyage,
Celui de me casser le nez.

Non, je ne crains pas un naufrage,
Mon lit est fait d'un trop bon bois ;
A deux époux du voisinage
Il a servi pendant trois mois.
La femme étoit jeune et vermeille,
Son mari vigoureux et frais :
Après une épreuve pareille,
Je puis y voyager en paix.

Mais un tableau m'arrête en route....
Eh ! c'est notre premier papa !
Sa femme lui parle, il l'écoute.
Ah ! je vois qu'il en mangera.

A qui la faute ? Est-ce au cher homme ?
A celle qui le fit pécher ?
Tous deux auroient laissé la pomme,
Sans la défense d'y toucher.

A Noé, notre patriarche,
Quand vint le déluge fatal,
Le bon Dieu dit : « Mettez dans l'arche
La paire de chaque animal. »
Sur ma gravure, j'en remarque
Qui sont-là pour nous désoler.
Par bonheur, il mit dans sa barque
Des femmes pour nous consoler.

C'est assez battre la campagne,
La tête sur mon oreiller.
Morphée à minuit m'accompagne,
Je sens que je vais sommeiller.
Du remords si la voix secrète
Ne vous inspire aucun effroi,
En fredonnant ma chansonnette,
Mes amis, faites comme moi.

CHANSON.

Air connu.

S'il est vrai que d'être deux,
Fut toujours le bien suprême,
Hélas ! c'est un mal affreux
De ne plus voir ce qu'on aime.
Vivre loin de ses amours,
N'est-ce pas mourir tous les jours ?

Chaque instant vient attiser
La flamme qui nous dévore ;
On se rappèle un baiser,
Et mille baisers encore.
Vivre loin, etc.

La nuit en dormant, hélas !
Victime d'un doux mensonge,
Vous vous sentiez dans ses bras....
Le jour vint, c'étoit un songe.
Vivre loin, etc.

Un tissu de ses cheveux
Est le seul bien qui me reste :
Il devroit me rendre heureux ;
C'est un trésor bien funeste.
Vivre loin, etc.

Je ferai bien son portrait,
J'en ai le double avantage ;
Je l'ai déjà trait pour trait ;
Dans mon cœur est son image.
Vivre loin, etc.

Heureux ceux qui n'aiment pas,
Heureux ceux que rien ne touche,
Heureux l'insensible, hélas!
Qui ne chante que de bouche.
Vivre loin, etc.

LA CHASSE EN SONGE.

Air d'une Walse auvergnate.

Cette nuit, Climène,
Dormant de bon cœur,
De votre domaine
J'étois le chasseur :
Moi, je crois au songe
Autant qu'au plaisir,
Ce n'est qu'un mensonge
Qu'enfante le désir.

Débusquant les cailles
Qu'au bois je chassois,

Vous étiez broussailles,
Je vous écartois.
Moi, je crois au songe, etc.

En pleine campagne
Près de vous j'étois,
Vous étiez montagne,
Dessus je grimpois.
Moi, je crois au songe, etc.

Continuant ma chasse,
Je vous poursuivois;
Vous étiez bécasse,
Sur vous je visois.
Moi, je crois au songe, etc.

Vous étiez garenne,
Moi furet j'étois;
Au terrier sans peine
Aisément j'entrois.
Moi, je crois au songe, etc.

La métamorphose
Me plut en rêvant;
Je restai tout chose
En me réveillant.
Moi, je crois au songe
Autant qu'au plaisir,
Ce n'est qu'un mensonge
Qu'enfante le désir.

LA COQUETTE.

J'AIME Rosine à la folie,
Mais je l'aime, hélas! sans retour;
Rosine sait qu'elle est jolie,
Elle se rit de mon amour.
En vain j'espère de son ame,
Par mes soins vaincre la fierté;
Seul, je lui parle de ma flamme;
Tout lui parle de sa beauté. *bis.*

PAR-TOUT on vante sa tournure,
Par-tout on vante son esprit,
Par-tout on vante sa figure;
La friponne s'en applaudit.
Ivre du plaisir qu'elle inspire,
Rosine se laisse adorer;
Hélas! ce que chacun admire,
Peut-elle ne-pas l'admirer? *bis.*

SI tu pouvois perdre, inhumaine,
Ces vains attraits qui m'ont charmé,
Tu serois peut-être moins vaine,
Peut-être je serois aimé.
Que dis-je? et quelle est ma folie?
Je forme des vœux superflus;
Demain, si tu n'es plus jolie,
Demain, je ne t'aimerai plus. *bis.*

A SYLVIE.

AIR : *Du haut en bas.*

Dans les combats,
Oui ton image enchanteresse,
Dans les combats,
Par-tout me suivra pas-à-pas ;
A toi je penserai sans cesse,
Permets-moi cette douce ivresse,
Dans les combats.

Dans les combats,
Si par fois je quitte la vie,
Dans les combats,
Toujours au milieu des fracas,
Songeant à ta beauté, Sylvie,
Quel regret de perdre la vie,
Dans les combats.

ENVOI.

Ah ! pardonnez à ma folie,
Ne vous mettez pas en courroux ;
Puis-je avoir mon esprit, Sylvie,
Puisqu'il est toujours avec vous.

LA BONNE PHILOSOPHIE.

AIR : *Tous les jours de la vie.*

AIMONS notre Bergère
 Gaiment.
Rimons pour nous distraire,
 Souvent.
Pour chanter et pour boire
 Bien frais.
Pour acquérir la gloire,
 Jamais.

QU'AVONS-NOUS d'un éloge
 Besoin !
Et d'ailleurs Phébus loge
 Trop loin ;
La gloire est si frivole,
 Ce bien
Nous quitte et puis s'envole
 Pour rien.

VIVONS avec franchise
 Toujours !
Que l'Amitié conduise
 Nos jours !

Suivons aussi de Gnide
La cour ;
Mais que l'estime guide
L'Amour.

La Tristesse trop sombre
Nous nuit.
Le Plaisir est une ombre
Qui fuit.
Suivons, sans plus attendre,
Son char,
Et craignons de le prendre
Trop tard.

Un grand, à la minute,
D'un mot,
Peut faire une culbute,
Si tôt.
Soyons à maints désastres
Tout prêts ;
N'approchons pas des astres
Trop près.

Donnons à la Folie
Accès ;
A la Mélancolie
Jamais !
Craignons vers l'autre rive
Un saut ;
La Mort souvent arrive
Trop tôt.

LA PATROUILLE,

CHANSON.

Air : *Tenez, moi, je suis un bon homme.*

De par l'Amour, mon capitaine,
Rassemblez-vous, jeux et plaisirs ;
Il faut bannir de son domaine
L'ennui, la langueur, les soupirs.
Retenez la raison captive ;
Que ses fers soient des nœuds charmans.
Sur les maris, criez : Qui vive ?
Mais laissez passer les amans.

Visitez d'abord ce bocage
Dont on chérit l'ombrage épais ;
Aux vifs désirs ouvrez passage,
Reconduisez les soins discrets.
Recommandez bien au mystère,
Pour sûreté les billets doux ;
Au préjugé livrez la guerre,
Arrêtez les soupçons jaloux.

L'exercice va comme un charme,
L'arme au bras pour la volupté ;

A la beauté présentez arme ;
L'arme à terre pour la bonté.
Vous me demandez, je parie,
A qui les armes vous rendrez.
Moi, je ne les rends qu'à Sophie :
Rendez-les à qui vous voudrez.

L'AMOUR TAMBOUR BATTANT.

AIR : *De la ronde de Marianne.*

FILLETTE est une forteresse
Que l'on n'a pas sans coup férir.
Pour arme il faut de la tendresse ;
Le capitaine est le plaisir.
Galans billets,
Jolis couplets,
Sont dans l'affaire
La troupe légère ;
Petit présent,
Mis en avant,
Peut au guerrier
Mériter un laurier.
Il se présente avec audace,
La belle soutient l'action :
Vient la capitulation,
On entre dans la place.

A UNE CAPRICIEUSE.

AIR : *J'étois bon chasseur autrefois.*

Avec un si joli minois,
Pourquoi faire notre supplice ?
Pourquoi nous montrer à la fois
Tant de raison, tant de caprice ?
Il ne faut pas vous abuser
Sur les charmes de la figure ;
Un caprice peut amuser,
Mais il rebute quand il dure.

Qu'un autre approuve en ses amours
Jusqu'aux torts d'une belle femme,
Je leur préférerai toujours
L'égalité d'une belle ame.
Je n'aime pas, pour voyager,
Un temps toujours au variable ;
Et je cherche, pour m'engager,
La raison qui rend seule aimable.

Abuser de votre beauté,
Pour porter le trouble en mon ame,

Et puis, avec malignité,
Me faire détester ma flamme ;
Me sourire d'un air bien doux,
Pour un rien vous mettre en colère,
Ces traits dans un autre que vous,
Franchement, pourroient-ils vous
plaire ?

Celle qui tourmente l'Amour,
Et voit ses pleurs avec délices,
Trouvera dans l'Hymen, un jour,
La peine due à ses caprices.
L'Amour, aveugle, voit en beau
Les caprices d'une maîtresse :
L'Hymen, qui n'a pas de bandeau,
En fait un crime à la tendresse.

L'AMANT D'ISAURE,

ROMANCE.

J'ai perdu celle que j'adore,
Adieu plaisir, adieu bonheur ;
Chagrin cuisant qui me dévore,
N'épargne plus mon triste cœur.
Essayons, essayons encore
D'appeler cet objet charmant :

Isaure, Isaure, chère Isaure!
Entends la voix de ton amant.

GRAND Dieu! quel destin, que j'ignore,
A changé mon être en un jour!
Hier, avant de voir Isaure,
Je ne connoissois pas l'amour.
Essayons, essayons encore
D'appeler cet objet charmant:
O toi que j'aime, que j'adore!
Entends la voix de ton amant.

Je ne regrettois que ma mère,
J'allois pleurer sur son tombeau;
Aujourd'hui douleur plus amère,
Je ressens un tourment nouveau.
Essayons, essayons encore
D'appeler cet objet charmant:
Isaure, Isaure, chère Isaure!
Entends la voix de ton amant.

COUPLETS

DE LA ROMANCE.

Mon cœur s'ouvroit au sentiment,
De ses vers j'admirois la grace,
Je lui prêtois leur enjouement,
Je lui prêtois leur noble audace ;
Ils étoient dictés par l'amour,
J'eus peu de peine à les apprendre. *b*.

J'aimois à les chanter le jour,
La nuit encore je croyois les entendre ;
Je m'enivrois de cette erreur,
C'étoit un caprice frivole ;
Mais tout à coup j'ai vu l'auteur,
Et je reconnus mon idole :
Il étoit déjà mon vainqueur,
Je ne pouvois plus m'en défendre. *b*.
Quand l'esprit parle pour le cœur,
Comment peut-on s'empêcher de l'entendre.

ON N'EN FAIT PLUS, ON N'EN MANQUE PAS,

CHANSON MORALE.

AIR : *Du Vaudeville des Deux Edmond.*

DÉSIREZ-VOUS en mariage,
Une fille modeste et sage,
Traitant la toilette d'abus ?
On n'en fait plus. *bis.*
Voulez-vous une femme altière,
Bien coquette, bien dépensière,
Aimant le faste et le fracas ?
Oh ! nous n'en manquons pas. *bis.*

JEUNES filles, qui pour votre ame,
Voulez un amant dont la flamme
S'accroisse encor par vos refus,
On n'en fait plus. *bis.*
Aimez-vous mieux un beau jeune homme,
Qui par-tout vous montre et vous nomme,
Tant de vos faveurs il fait cas ?
Oh ! nous n'en manquons pas. *bis.*

Aimez-vous une bonne mère,
A sa fille dont elle est fière;
Donnant l'exemple des vertus?
On n'en fait plus. *bis.*
Mais de ces mères de famille,
A cinquante ans avec leur fille
Luttant de conquêtes, d'appas,
Oh! nous n'en manquons pas! *b.*

Dans nos spectacles pour vous plaire
Désirez-vous un caractère,
De bons vers, des plans bien conçus,
On n'en fait plus. *bis.*
Mais aimez-vous en lourde prose,
Force madrigaux à l'eau rose,
Des calembourgs bien sots, bien plats?
Oh! nous n'en manquons pas! *b.*

L'amitié vous paroît céleste,
Les Pylade, hélas! les Oreste,
Les Euryale et les Nisus,
On n'en fait plus! *bis.*
Mais des amis, francs égoïstes,
Que le bonheur d'autrui rend tristes,
Ne voyant qu'eux seuls ici bas!
Oh! nous n'en manquons pas! *b.*

Des médecins comme Hyppocrate
A qui maux de cœur et de rate

Ne paroissent que des bibus,
On n'en fait plus ! *bis.*
Mais des savans en médecine,
Dont la merveilleuse doctrine
Conduit aisément au trépas,
Oh ! nous n'en manquons pas ! *b.*

L'AMOUR ET L'AMITIÉ,

ROMANCE.

Quel pouvoir inconnu m'entraine
Et vient m'attacher à tes pas?
Près de toi je respire à peine,
Je ne puis vivre où tu n'es pas;
Dans le sentiment qui t'inspire,
Mon cœur est toujours de moitié:
Je t'aime, mais je n'ose dire
Si c'est d'amour ou d'amitié.

Si j'en dois croire ta présence,
C'est l'amour qui parle à mes sens,
Si j'en juge par ma constance,
C'est de l'amitié que je sens.
Dans le feu secret que j'ignore,
Ah! sans doute, ils sont de moitié.
Comme l'amour il me dévore,
Il est pur comme l'amitié.

Mais où s'égare mon délire,
Puis-je me cacher mon ardeur?
Oui, je t'aime, j'ose le dire,
Ce secret pesoit à mon cœur.
Mes yeux, mon trouble involontaire
Ont dû me trahir à moitié.
L'amour seroit une chimère,
Si c'étoit-là de l'amitié.

LE PREMIER

DE L'AN.

Air : *Permets-moi d'attendre à demain.*

Aussitôt qu'un an se termine,
Mille vœux naissent tour à tour;
Pour t'en faire un, mon Euphrosine,
Qu'ai-je besoin de ce grand jour?
Pour te souhaiter douce vie,
Plaisirs sans fin, parfait bonheur,
Ah! c'est toujours, ma tendre amie,
Le premier de l'an pour mon cœur.

COUPLETS

DE L'ISLE DES MARIAGES.

AIR : *Au fond d'une sombre retraite.*

Espoir, gaîté, c'est la devise
Que je veux n'oublier jamais ;
Car la tristesse a peu de prise
Sur le cœur d'un jeune Français.
Bannissant la mélancolie,
Du présent savoir profiter ;
Malgré les chagrins de la vie,
Toujours boire, rire et chanter ;
C'est toute ma philosophie. *ter.*

Quoique bien épris d'une belle,
Le Français, prompt à l'oublier,
De peur d'être quitté par elle,
La quitte toujours le premier.
Et quand il perd femme jolie,
Loin que son bonheur soit troublé,
Pour charmer l'ennui de sa vie
Par un autre il est consolé :
Voilà de la philosophie. *ter.*

Amis, faisons tête à l'orage,
Et conservons avec fierté,
Pour soutenir notre courage,
Et l'espérance et la gaîté,
Suivre les lois de la folie,
Ne jamais s'affliger de rien;
A rire consacrer sa vie,
Rire de tout, trouver tout bien,
C'est là bonne philosophie. *ter.*

A Melle MIGNONNE V***.

Air : *Nous sommes précepteurs d'amour.*

Les noms devroient se conformer
Aux qualités de la personne :
Belle on auroit dû vous nommer,
Au lieu de vous nommer Mignonne.

L'AMOUR

MARCHAND DE CHANSONS.

AIR : *Venez, venez dans mon parterre.*

Je suis l'Amour, dieu de Cythère :
Venez, fillettes et garçons ;
Je me fais marchand de chansons,
Et j'en ai qui sauront vous plaire.
Visitez mon assortiment ;
Et comme ici la foule abonde....
Pour contenter mieux le chaland,
J'ai des chansons pour tout le monde.

J'ai des chansons pour tous les âges,
Et des airs pour tous les états ;
Des airs guerriers pour les soldats ;
Des airs simples pour les villages :
Air de fierté pour l'opulent ;
Air léger pour les petits-maîtres ;
Air amoureux pour un amant,
Pour le berger des airs champêtres.

Je vends à la femme coquette
Chanson frivole qui séduit;
Mais à la prude qui rougit,
Je donne chanson plus discrète.
J'ai pour la femme à sentiment,
La romance tendre et plaintive ;
J'offre aussi des airs innocens
A la beauté simple et naïve.

Je vends au troubadour aimable
Chansons pour enflammer les cœurs;
Je réserve pour les buveurs
La joyeuse chanson de table.
J'ai pour la femme à goûts changeans
Des chansons légères comme elle...;
Mais pour les cœurs tendres et constans,
Je cherche une chanson nouvelle.

LA PRISON
DE
CYTHÈRE.

Il est une douce prison
Dans l'île aimable de Cythère;
Que fit faire exprès Cupidon
Pour les ennemis de sa mère.
C'est-là, qu'un jour par le Zéphir
Il fit mener la jeune Hortence;
Il voulut enfin la punir
D'avoir méprisé sa puissance.

L'Amour, pour un peu soulager
Les ennuis de cette cruelle,
Avec elle mit un berger
Qui se montroit aussi rebelle;
Et sous la garde du Désir,
Qu'accompagnoit la sympathie,
Il les laissa tout à loisir
Parler de leur philosophie.

Jugez de leur étonnement!
A peine ont-ils fait connoissance,
Qu'oubliant bientôt leur serment,
Ils ont banni l'indifférence.

Ils se juroient de s'adorer,
Quand la Raison au front sévère,
Vint tout-à-coup les séparer,
De par le grand Dieu de Cythère.

Vénus, les Grâces et l'Amour
Furent les juges redoutables
Que l'on nomma le même jour
Pour prononcer sur les coupables.
Ils furent trouvés criminels,
Et, pour punir leur perfidie,
Soudain par des nœuds éternels
On les enchaîna pour la vie.

A BON CHAT BON RAT.

Air : *Du Petit Matelot.*

A fol amant folles maîtresses,
Femme volage à froid époux,
Faux papier pour de fausses pièces,
Ou clinquant pour de faux bijoux. *b.*
On trompe, on est trompé sans cesse,
Au Cours, au Parnasse, au combat,
Trahison, intrigue, souplesse,
C'est par-tout à bon chat bon rat. *bis.*

Si Turcaret pille sa caisse,
Lucrèce pille Turcaret;
Un dameret pille Lucrèce,
Ses créanciers le dameret... *bis.*
Grand, gros, petit, moyen caprice,
Le monde vous doit son éclat;
C'est un ricochet de malice,
C'est par-tout à bon chat bon rat. *bis.*

LA CLEF

DU COEUR.

Air : *Vous m'entendez bien.*

Un jour chez la belle Fatmé,
Je lui dis d'un ton enflammé,
Pour vous mon cœur soupire;
Hé bien!
J'eus beau faire et beau dire,
L'on n'entendit rien.

J'y retournai le lendemain,
Ayant cent louis dans la main;
Mon or la fit sourire
Si bien,
Qu'avant que de rien dire,
L'on m'entendit bien.

V'LA QU'EST DIT !.... ET V'LA QU'EST FAIT !

OU

L'AMOUREUX EXPÉDITIF,

Chanson grivoise.

AIR : *Ton humeur est, Catherine.*

UN matin qu'c'étoit Dimanche,
J'vis Fanchon passant l'*Pont-Neuf*,
Sa robe étoit presque blanche
Et mon habit presque neuf ;
J'm'approch' et j'li dis : « man'selle !
J'crois qu'mon bras s'roit ben vot' fait ! »
— *V'là qu'est dit !...* que m'fit la belle ;
Et moi, j'li dis :..... *V'là qu'est fait !*

J'DÉTALONS vers la *Grand'-Pinte* :
Jarni ! comm' Fanchon couroit !
J'vois eun' boutiqu' fraich'ment peinte,
J'e r'connois zun cabaret ;

« Entrons-là !.... dis-j', ma p'tit' mère !
» L'vin du canton z'est parfait! »
— *V'là qu'est dit !*.... m'fit la commère,
Et moi, j'li dis : *V'là qu'est fait !*

J'FAIS v'nir un *litre* et deux verres,
Zà Fanchon ça plait beaucoup ;
Ses yeux dev'nont moins sévères,
Chaqu' fois qu' j'y r'passe un p'tit coup :
« Un baiser, dis-j', ma mignonne,
» Rendroit Jirom' satisfait ! »
— *V'là qu'est dit !*.... m'fit la friponne ;
Et moi, j'dis : *Poq !.... V'là qu'est fait !*

J'GUETTOIS zeun' faveur nouvelle,
V'là qu'un *faraud* vient zà nous ;
Yet que c'maudit *Jean d'Nivelle*
Zà Fanchon fait les yeux doux !
« Hain !.... que j'dis au tendron qu'j'aime ;
» D'eun' taloch' si l'on l'coiffoit ? »

— *V'là qu'est dit !...* m'fit ell'
tout d'même ;
Moi j'li dis : *Pan !... V'là qu'est*
fait !

L'FARAUD se r'dresse et s'emporte :
Je l'régal' d'un coup d'souyer ;
Comme j'n'allois pas d'main-morte,
Ça l'fiche au bas d'l'escayer ;
Puis ; j'dis à Fanchon : « ma p'tite !
» Décampons !... peur du Préfet ! »
— *V'là qu'est dit !...* m'fit ell' ben
vite ;
Moi, j'dis : *Dar ! Dar ! V'là qu'est*
fait !

J'remmen' Fanchon dans son gîte,
Là, j'li dis : « zobjet charmant !
» Voyez l'ardeur qui m'agite,
» Zet soulagez mon tourment !
» Drès d'main, foi d'amant fidèle,
» J'vous épouserai... tout-à-fait ?... »
V'là qu'est dit !... m'fit la d'moi-
selle ;
Moi, j'dis : madam'... *V'là qu'est*
fait !

AINSI finit l'aventure
Dont z'avec un peu d'esprit,

Tout bon luron doit conclure
Qu'faut mettre l'temps à profit !
Les biaux discours, les fleurettes,
Font souvent z'un triste effet ;
Z'au *V'là qu'est dit !* des fillettes,
N'répondez qu'un *V'là qu'est fait !*

L'AMOUR

PRISONNIER.

AIR : *J'aime ce mot de gentillesse.*

Sur un tapis de fleurs, qu'arrose
L'onde pure de ce ruisseau,
Que vois-je !... l'Amour qui repose,
Sans arc, sans flèches ni flambeau.
Punissons l'auteur de mes peines :
De ces fleurs forgeons-lui des fers.
Il est pris... Je tiens dans mes chaînes
Celui qui soumet l'univers.

Je le vois déjà qui s'éveille ;
Eh quoi ! dit le dieu de Paphos :
Un mortel, lorsque je sommeille
Oseroit troubler mon repos ?....

Il dit, se soulève avec peine,
Gémit, pleure en se débattant;
Mais ne pouvant briser sa chaine,
Il voit bien qu'il n'est qu'un enfant.

Je mettrai fin à ton martyre,
Dis-je au petit dieu courroucé,
Si tu veux blesser Elomire
Du même trait qui m'a percé.
Hélas! quels vœux oses-tu faire,
Me dit l'Amour; un tendre enfant
Doit-il s'armer contre sa mère?...
Ah! mortel, tout me le défend.

Eh bien! du trait qui me déchire,
Amour, daigne donc me guérir!
— Je le veux bien; mais d'Elomire
Tu perdras jusqu'au souvenir.
— Eh quoi! je verrai son image
Sans tressaillir de volupté!
Ah! laisse-moi mon esclavage,
Et toi, reprends ta liberté.

*

CAVATINE.

AIR : *Du Bouffe et le Tailleur.*

ENFANS de la folie,
Chantons;
Sur les maux de la vie,
Glissons:
Plaisir jamais ne coûte
De pleurs;
Il sème notre route
De fleurs.

OUI, portons son délire
Par-tout;
Le bonheur est de rire
De tout.
Pour être aimé des belles,
Aimons:
Un beau jour changent-elles,
Changeons.

DÉJA l'hiver de l'âge
Accourt;

Profitons d'un passage
Si court :
L'avenir peut-il être
Certain ?
Nous finirons peut-être
Demain.

LE BON SOLDAT.

Air : *Du pas redoublé.*

Un bon soldat doit, tour à tour,
Pour fixer la Victoire,
Aller de la Gloire à l'Amour,
De l'Amour à la Gloire ;
Et, pour prolonger ses amours,
Il faut qu'il soit sans cesse
Exact à son poste, et toujours
Fidèle à sa maîtresse.

L'EMPIRE DES BELLES.

Air : *A Paris, loin de sa mère.*

De la beauté servons la cause,
Disoit Tristan à ses guerriers;
C'est en combattant pour la rose
Que nous trouverons des lauriers.
Voyez ce chevalier fidèle
Remporter le prix du combat,
Qui, sans l'écharpe d'une belle,
N'eût été qu'un simple soldat.

Voyez le gracieux Ovide,
Lorsqu'exilé par des pervers,
Bravant du temps la faux rapide,
S'immortalisoit par ses vers.
Il est sur la double colline;
Mais cet auteur, j'en suis certain,
Sans le souvenir de Corinne,
N'eût été qu'un simple écrivain.

Pygmalion, qui vous étonne,
N'eut pas toujours un nom fameux,
Tant que son cœur n'est à personne,
Il ne tint qu'un ciseau honteux;

Mais lorsque son ame exaltée
Des arts veut avoir le laurier,
Il découvre sa Galathée :
Il n'est plus un simple ouvrier.

ROMANCE

Air : *Du Vaudeville de la Robe et les Bottes.*

Sous un saule, au bord du rivage,
Rêvois au doux besoin d'aimer ;
Une voix qui sort du bocage,
Par ses accens vient me charmer :
Amour, s'il est vrai, disoit-elle,
Que doive subir ton lien,
Fais-moi trouver un cœur fidèle,
Qui bat à l'unisson du mien.

Caché sous la verte feuillée,
J'avois suivi la douce voix,
Contre un ormeau, vis appuyée
Bergère au plus joli minois ;

Chantai, lors la voyant si belle,
Tu peux aimer ; vas, ne crains rien ;
L'Amour t'apporte un cœur fidèle,
Qui bat à l'unisson du tien.

D'Abord, la pauvrette interdite,
Veut fuir ; je cours, et la retiens ;
Sa main tremble, sa bouche hésite
A m'accorder doux entretiens ;
Mais pleins d'une ardeur mutuelle,
Aveu charmant paya le mien,
Et sur son cœur mon cœur fidèle
Battit à l'unisson du sien.

A tous autant vous en souhaite,
Jeunes savans du dieu d'Amour ;
Puisse aussi gente bergerette,
Au bois s'offrir à vous un jour ;
Mais gardez-lui flamme éternelle :
On doit mourir en son lien,
Quand on a trouvé cœur fidèle
Qui bat à l'unisson du sien.

ooo

J'ETOIS BIEN JEUNE ENCORE.

CHANSONNETTE.

Air à faire.

J'ETOIS bien jeune encore
Quand Lisis me dit qu'il m'aimoit :
On ne craint point ce qu'on ignore ;
Pour entendre ce qu'il disoit,
J'étois bien jeune encore.

A mes pieds il implore
De l'Amour le plus doux bienfait ;
Je promets un bien que j'ignore ;
Pour savoir ce qu'il désiroit,
J'étois bien jeune encore.

Le feu qui le dévore
Dans mon cœur enfin s'allumoit ;
Il ose tout ce que j'ignore....
Pour comprendre ce qu'il faisoit,
J'étois bien jeune encore.

LE FRUIT DÉFENDU.

AIR : *Avec les jeux dans le village.*

ZÉLIS, il n'est plus temps de feindre,
Qui ne voit ce que vous cachez ?
Cessez, cessez de vous contraindre
Pour le plus joli des péchés.
Comme votre première mère,
Après avoir bien combattu,
Vous goûtâtes sur la fougère,
L'autre jour, du fruit défendu.

Au fond d'un jardin agréable,
Ainsi que vos premiers parens,
L'on vit près de vous certain diable,
Diable, dit-on, des plus charmans.
Il vous parloit d'un air si tendre
D'amour, de plaisir, de vertu,
Que vous ne pûtes vous défendre
De goûter du fruit défendu.

Ce qui maintenant vous allarme,
Est la suite de cette erreur ;
Cette douce erreur dont le charme
Formeroit le parfait bonheur.

S'il se pouvoit que ce mystère
Demeurât toujours inconnu,
Mais on voit croître en vous, bergère,
Le pépin du fruit défendu.

Cette faute n'est pas mortelle,
Puisque le divin Créateur,
Pour punir cette bagatelle,
N'a voulu que vous faire peur :
Pour combler même votre envie,
Vous voyez qu'il s'est résolu
A conserver l'arbre de vie,
Auquel tient le fruit défendu.

L'ATTENTE.

Il ne vient pas et toujours je l'attends.
Ma voix l'appelle et mon cœur le souhaite;
Le moindre bruit bouleverse tous mes sens;
Au moindre son mon oreille inquiète
Croit, mais en vain, distinguer ses accens;

Et tous les soirs en pleurant je
répète,
Il ne vient pas.

Sans l'espérer, je l'attends chaque
soir,
Et chaque soir au lendemain j'aspire.
Que de momens écoulés sans le
voir !.....
Que de momens écoulés sans le lire !
Je veux bannir un amour sans espoir.
Mais le pourrois-je, (hélas ! je le
désire :)
Sans l'espérer.

Je le verrai demain peut-être enfin :
Ce doux espoir dans l'ivresse me
plonge !
Que le temps pèse !.... Il volera de-
main,
Mais jusques-là quel sombre ennui
me ronge,
La nuit s'avance ; hélas ! jusqu'à
demain
Dormons, dormons, (puisque du
moins en songe :)
Je le verrai.

LE BEAU PROJET.

Air : *Il faut attendre avec, etc.*

« N'écoute pas, me dit ma mère,
Des galans les propos flatteurs ;
Prends bien garde au piège, ma
chère,
Car le serpent est sous les fleurs.
Ils sont tous la tendresse même,
Les traîtres, pour nous enflammer,
Puis ils s'en vont dès qu'on les
aime.... »
Aussi je ne veux pas aimer.

Venez, colombes gémissantes,
Voici le printemps de retour ;
Par vos caresses innocentes
Célébrez la saison d'Amour,
Hôtes légers de ce bocage,
Chaque jour laissez-vous charmer,
Et chantez votre doux servage....
Pour moi je ne veux pas aimer.

Eh quoi ! ne vois-je pas Léandre
A travers ce berceau charmant ?
C'est lui ! quel air rêveur et tendre !
Comme il soupire tristement !

O ciel ! il m'a vue, il me nomme...
Où fuir ?... Mais pourquoi m'alarmer ?
Léandre est un si bon jeune homme ;
D'ailleurs je ne veux pas aimer.

ROMANCE.

Air : *Rien, tendre amour, ne résiste à tes charmes.*

Je l'ai quitté ce monde où ma jeunesse,
Pour le plaisir n'embrassa qu'une erreur,
Et dans les champs, loin d'une folle ivresse,
Sans le chercher, j'ai trouvé le bonheur.

Je ne crains plus d'une femme inconstante,
D'un faux ami, les sermens imposteurs :
Pomone ici fidèle à mon attente
Me paie en fruits ce qu'ont promis ses fleurs.

Je ne crains point, humble ami des campagnes,
Les grands revers attachés aux grands noms :
La foudre abbat le cèdre des montagnes,
Et laisse en paix l'ormeau de nos vallons.

Je ne crains point que ce bonheur champêtre
Traîne après lui de repentir secret :
Des voluptés, c'est la seule, peut-être,
Que ne suit pas la honte et le regret.

LA PUISSANCE

DE LA FEMME.

Air : *Jeunes amans, cueillez des fleurs.*

Pour nous procurer le bonheur,
La femme reçut en partage
Tout ce qui peut charmer le cœur ;
Du ciel c'est le plus bel ouvrage.
A l'homme il donna la fierté,
La force et la mâle éloquence ;
Douceur, modestie et bonté,
De la femme font la puissance.

De la rose prête à s'ouvrir,
La femme a l'éclat et les grâces ;
Près d'elle est fixé le Plaisir,
Et l'Amour suit toujours ses traces ;
Elle ennoblit la volupté
Par le charme de la décence :
Tout cède à sa timidité ;
Sa foiblesse fait sa puissance.

Pour l'enfant foible et malheureux
La femme est pleine de tendresse ;

Le jeune cœur puise en ces yeux
D'un noble amour la pure ivresse ;
L'âge mûr lui doit d'heureux ans,
Le vieillard douce souvenance :
La femme, ainsi, dans tous les temps,
Nous fait adorer sa puissance.

LE BAISER,

ROMANCE.

Gentil Alain à sa jeune bergère
Furtivement avoit pris doux baiser ;
Elle, aussitôt, de se mettre en colère,
Et le galant de vouloir l'appaiser :
Quoi, belle mie, un baiser t'effarouche !
Pourquoi ce trouble ? est-ce crainte ou pudeur ?
T'ai-je offensé, ou crains-tu que ma bouche,
De tes attraits n'ait terni la fraicheur ?

Beaux papillons, vigilantes abeilles,
Vont butinant les roses d'alentour ;

Roses pourtant n'en sont que plus
vermeilles :
Rien n'embellit comme larcins d'a-
mour.
Ce dernier mot plut à la bergerette ;
Eh bien ! dit-elle, eh bien ! em-
bellis-moi,
Encore, encore... — Ah ! c'est assez,
coquette,
Las ! maintenant, rien n'est plus
beau que toi.

LE JUPON COURT.

AIR : *Chantez, dansez, amusez-vous.*

JUPON court et léger corset
Sont les habits de ma bergère ;
Jolis rubans, simple lacet
Contiennent sa taille légère :
Et croyez qu'avec ce peu là
Elle plaît et toujours plaira.

UN jupon court est séduisant,
Lorsqu'il serre taille divine,

Et qu'il tombe négligemment
Sur jambe droite, blanche et fine;
Zéphir, qui se joue à l'entour,
Ménage par fois certain jour:

Sous cet habit simple et charmant,
Voyez danser Alexandrine;
Vous croyez dans son mouvement,
Voir un jonc souple qui badine:
Chaque attitude, chaque pas,
Offre aux yeux de nouveaux appas.

Tous ces pompeux habits de Cour,
Dont se chargent nos beautés graves,
Retiennent les traits de l'amour
Dans les plus gênantes entraves:
Mais une heureuse liberté
Embellit encor la beauté.

RONDEAU

DU BON-HOMME MISÈRE,

OU LE DIABLE COULEUR DE ROSE.

Pour les maris, le fait est clair :
Un paradis est un enfer.
Pour les femmes de ces maris,
L'enfer même est un paradis. *bis.*
Le pouvoir de madame
Ne peut être aboli ;
Ce qui plaît à la femme
Doit plaire à son mari.
Quelqu'un, d'humeur sauvage
S'en fâchera beaucoup ;
Tant pis, car c'est l'usage ;
Et l'usage fait tout.

Pour les maris, le fait est clair :
Un paradis est un enfer.
Pour les femmes de ces maris,
L'enfer même est un paradis.

Maint époux en ménage
S'arrange de son lot,
Tel dans son cœur enrage
Qui rit et ne dit mot.

Plusieurs et sans scrupule
Se montrent fort jaloux,
Mais c'est un ridicule
Là-bas comme chez vous.

Pour les maris, le fait est clair :
Un paradis est un enfer.
Pour les femmes de ces maris,
L'enfer même est un paradis.

LE SERPENT.

Il me faut chanter le serpent,
La tâche est sans doute pénible ;
Sur un sujet aussi méchant
Faire du bon est impossible.
Contre lui j'élève la voix,
Sans craindre qu'aucun me persifle ;
Car chacun de nous est, je crois,
Ennemi de celui qui siffle. *bis.*

Si j'en crois l'ancien Testament,
Dont chaque anecdote est certaine,
Dans le Paradis un serpent
A fait damner l'espèce humaine.

Aussi nos femmes aiment tant
L'image de cette merveille,
Qu'elles ont toutes maintenant
Un serpent qui pend à l'oreille. *b.*

Lorsque l'histoire nous apprend
Que Cléopâtre inconsolable
Se piqua le sein d'un serpent....
Je crois cette histoire une fable.
Mais la fable nous apprend
Qu'Euridice vit l'onde noire
Pour la piqûre d'un serpent;
Je crois cette fable une histoire. *bis.*

Le serpent se glisse par-tout,
On en a vû même à l'église.
Ramper de tout temps fut son goût;
De bien des gens c'est la devise.
C'est parce qu'il porte en son sein
Un venin qui nous assassine,
Qu'on en a fait, j'en suis certain,
L'emblème de la médecine. *bis.*

❀

LA CHAUMIÈRE.

Air connu.

Pour trouver le parfait bonheur,
Dont le séjour est un mystère,
Consultez toujours votre cœur :
Que ce guide seul vous éclaire.
De vos ambitieux désirs,
Fuyez la trompeuse lumière ;
Et pour goûter de vrais plaisirs,
Venez me voir dans ma chaumière.

Là, vous jouirez des faveurs
Que me prodigue la nature ;
Vous y verrez des fruits, des fleurs,
Et le cristal d'une onde pure.
Si vous aimez un doux sommeil,
Venez dormir sur ma fougère ;
Si vous aimez un doux réveil,
Réveillez-vous dans ma chaumière.

Zéphir y parfume les airs
Des odeurs que la rose exhale :
Vous entendrez les doux concerts
De la fauvette matinale.
Et si vous aimez la gaité
Que donne un travail salutaire,
On la trouve, avec la santé,
Dans le jardin de ma chaumière.

La fortune par des remords
Souvent nous fait payer ses charmes;
Moi, je vous offre des trésors,
Qui ne coûtent jamais de larmes.
La paix du cœur, de vrais amis,
Mon chien, ma lyre et ma bergère,
Peu de livres, mais bien choisis,
Voilà les biens de ma chaumière.

Loin de mon paisible séjour,
Pour voler de belles en belles,
Le plaisir, en trompant l'amour,
Lui prête, dites-vous, ses ailes.
Cet amour est un imposteur,
Le mien n'a pas l'humeur légère;
Il ne quitte jamais mon cœur,
Et ne sort point de ma chaumière.

Pour ma Lise, mes feux constans,
Depuis vingt ans brûlent mon ame;
Lise, pour moi depuis vingt ans,
N'a jamais vu pâlir sa flamme.
O vous! dont le cœur veut former
Un doux nœud pour la vie entière,
Amans, jurez de vous aimer,
Comme on aime dans ma chaumière.

LA VERDURE,

ROMANCE.

AIR : *Bouton de Rose.*

C'EST la verdure
Qui nous annonce avec gaieté
Le doux réveil de la nature;
Le trône de la volupté,
C'est la verdure.

Sans la verdure
Plus de myrtes ni de lauriers;
Comment orner la chevelure
Et de l'amant et du guerrier
Sans la verdure.

Sous la verdure,
Zéphir éteint les feux du jour;
Mais son haleine fraîche et pure
Rallume tous les feux du jour
Sous la verdure.

Sur la verdure,
L'innocence timidement

Cueille des fleurs pour sa parure;
Souvent elle en perd en jouant
Sur la verdure.

Sur la verdure
L'amour a trouvé le bonheur:
Depuis cette heureuse aventure
L'espérance a pris la couleur
De la verdure.

STANCES.

Arbres, dont le paisible ombrage
Couvre ce bosquet enchanteur;
Oiseaux dont le tendre ramage
Porte le trouble dans le cœur:
Témoins des aveux de Thémire,
Arbres, oiseaux, soyez discrets;
Les aveux que l'amour inspire
Doivent toujours rester secrets. *bis.*

Papillons, quittez ce bocage,
Laissez un réduit à l'amour,
L'inconstance est votre partage,
Le mien est d'aimer sans retour.

Vous désirez la fleur nouvelle,
Rose d'un jour est sans attraits.
Thémire est pour moi l'immortelle
Dont l'éclat ne change jamais. *bis.*

Mais vous, sensibles tourterelles,
Symbole des amans heureux,
Soupirez, agitez vos ailes,
Lorsque Thémire est en ces lieux.
Le ruisseau qui, dans la prairie,
Promène lentement son cours,
Est l'image de votre vie,
Sans orages coulent vos jours. *bis.*

Ah! si Thémire étoit volage;
Zéphirs, cherchez des lieux plus
doux;
Oiseaux, cessez votre ramage;
Arbres si beaux, dépouillez-vous;
Gazon, n'étale plus tes charmes;
Ne brillez plus, aimables fleurs;
Lorsque l'amour verse des larmes,
Tout doit exprimer ses douleurs. *b.*

PAOLA,

ROMANCE.

DANS un canton de Westphalie,
Aux portes d'une hôtellerie,
Paola tout le jour restoit,
La pauvre fille ainsi chantoit.
« Dans notre misère,
» Il n'a plus que moi pour soutien:
» C'est pour ton père,
» Paola, chante bien. » *bis.*

IL fut jadis dans l'opulence;
Combien ont de sa bienfaisance,
Souvent ressenti les effets?
Ils ont oublié ses bienfaits;
Et dans sa misère,
Les ingrats ne lui donnent rien.
Ah! pour ton père,
Paola, chante bien. *bis.*

ON me dit que je suis jolie,
Que je pourrois gagner ma vie,
Sans chanter pour les voyageurs....
Ce sont des propos corrupteurs:
La vertu m'est chère,
De l'indigent c'est le soutien....

Avec son père.
Paola, chante bien. *bis.*

Fritz veut m'avoir en mariage ;
Il n'a qu'un modique héritage,
A deux peut-être il suffiroit....
Mon père.... qui le nourriroit ;
Va, dans ta misère,
N'espère pas tendre lien ;
Et pour ton père,
Paola, chante bien. *bis.*

On trouve ma voix foible encore,
Ma harpe n'est pas très-sonore,
Et tous les couplets sont bien vieux ;
Mais si vous êtes généreux,
Vous direz, j'espère :
Ici le talent ne fait rien,
C'est pour son père,
Paola, chante bien. *bis.*

Dans la tasse qu'on vous présente,
Chacun pour remplir mon attente
Jète son présent généreux.
Bons voyageurs soyez heureux,
Que Dieu sur la terre,
A vos vœux ne refuse rien,
Oui pour ton père,
Paola priera bien. *bis.*

LES COULEURS.

Air : *Quand l'Amour naquit à Cythère.*

Un beau jour le Dieu de Cythère,
En voltigeant parmi des fleurs,
Jugea qu'il étoit nécessaire
D'adopter diverses couleurs.
Pour le voile de l'innocence
Le *blanc*, dit-il, me servira :
Comme symbole de constance,
Le *bleu* toujours se portera.

Ces couleurs étoient suffisantes,
Lors on tenoit à son serment ;
On voyoit les femmes constantes,
Chaque époux étoit un amant.
Mais, hélas ! trop souvent l'absence
Des amans trompoit tous les vœux ;
Pour la couleur de l'espérance
Le *vert* s'offrit au malheureux.

Mais bientôt la coquetterie
S'empara du cœur des mamans ;
On vouloit paroître jolie
En dépit du nombre des ans.

Cupidon des vieilles se joue ;
Et pour les rendre à leur printemps,
Avec du *rouge* à chaque joue,
Il cache les rides du Temps.

D'une Belle à la fleur de l'âge
L'Amour voyant dormir l'époux,
Aussitôt notre Dieu volage
Donne à la femme un rendez-vous.
Elle accepte, même elle approuve
Les feux de ce petit fripon :
L'époux enfin s'éveille, et trouve
Un bandeau *jaune* sur son front.

Depuis ce temps, dans ce bas
monde,
L'inconstance fit des progrès ;
On se trompa tous à la ronde ;
L'Amour en conçut des regrets.
Pour peindre à jamais la tristesse
Et témoigner son déplaisir,
Avec le *noir* ce Dieu s'empresse
De porter le deuil du Plaisir.

oOo

LA SOLITUDE,

ROMANCE NOUVELLE.

Dans mon solitaire séjour
Jamais je ne m'ennuie;
Et ma retraite par l'amour
Est toujours embellie.
De te chanter au fond des bois
J'ai la douce habitude:
Ton souvenir, tes traits, ta voix,
Peuplent ma solitude. *bis.*

D'un monde qui m'avoit séduit
Je connois l'imposture:
Mon cœur, éclairant mon esprit,
Me rend à la nature.
Par-tout on voit tant de fureur
Et tant d'ingratitude,
Qu'on ne trouve plus le bonheur
Que dans la solitude. *bis.*

Tout homme, mécontent de lui,
Craint le temps qui s'écoule;
Pour fuir le remords et l'ennui,
Il cherche la foule.

Insensible au plus doux penchant,
Sa triste inquiétude
Prouve que l'enfer du méchant
Est dans la solitude. *bis.*

Par-tout l'homme sensible est bien;
Et son ame est remplie.
L'égoiste, qui n'aime rien,
Est seul toute sa vie.
Avec soin, quand vous observez,
La coquette ou la prude,
Au fond de son cœur vous trouvez
La froide solitude. *bis.*

On ne compose d'heureux vers
Qu'au sein de la retraite;
Des bois bien frais, des prés bien verds
Inspirent le poëte.
Lorsque dans le monde on fera
Des pièces sans étude,
Souvent au parterre on verra
La triste solitude. *bis.*

LE TROUBADOUR DISCRET,

ROMANCE.

Air : *Je ne vous dirai pas j'aime.*

A la porte où je soupire,
Je souffre et n'ose gémir,
J'attends, je crains, et désire
Le moment qui doit l'ouvrir...
Si je frappe, je révèle
A ton argus mon secret :
C'est toi que mon cœur appelle,
Et c'est l'argus qui viendroit.

Pour appaiser sa souffrance,
L'on raconte son malheur,
En soupirant ma romance
J'aurois pu toucher ton cœur ;
Mais un troubadour fidèle,
Avare de son secret,
Ne chante que pour sa belle...
Et ton argus m'entendroit.

Mes maux auroient quelques charmes,
Si, témoin de mon tourment,
Tu savois combien de larmes
Tu coûtes à ton amant.

Ah ! viens, sors... mais non, de-
meure !
L'œil du jaloux te suivroit,
Et s'il voyoit que je pleure,
Ce méchant argus riroit.

Ciel ! on ouvre... je balance,
Je tressaille et meurs d'effroi !
Je fuis, reviens et m'élance;
Je l'embrasse... oh ! c'est bien toi !
Plus de plainte, oublions même
Jusqu'à l'argus que je hais;
S'il savoit combien je t'aime,
C'est lui seul que je plaindrois.

A Melle NANINE G***,

Après l'avoir entendue chanter.

Air : *Les Dieux ne formèrent Lisette.*

Vous n'en faites que de pareilles;
Vous m'aviez séduit par les yeux:
Et pour me tenir encor mieux,
Vous me prenez par les oreilles.

ÉLISKA,

OU LA RUSSE.

Loin de ces lieux qu'attriste ton
absence,
Chère Eliska, qui peut donc t'ar-
rêter ?
Tu me disois, avant de me quitter,
Toujours de toi garderai souve-
nance,
Loin de ces lieux.

Mais le temps fuit, et semble sur
son aile,
De mon amie, emporter les sermens;
Retracez-lui des souvenirs char-
mans :
O mes pensers ! volez, volez près
d'elle,
Loin de ces lieux !

Vous qui causez mon bonheur et
ma peine,
Tendre amitié ramenez Eliska,

Qu'elle se dise, aux bords de la Newa,
Un cœur m'attend aux rives de la
Seine,
Loin de ces lieux!

Mais quel billet, garant de ta tendresse,
Douce Eliska, vient consoler mon
cœur!
Quoi, tu reviens! ô retour enchanteur!
Adieu chagrins, fuyez noire tristesse,
Loin de ces lieux.

ROMANCE D'ALINE,

REINE DE GOLCONDE.

Alors, dans la Provence,
Ce beau pays de France,
Simple laitière étoit;
Aline on me nommoit.
Quinze ans étoit mon âge,
Simple, naïve et sage:
Mon cœur au nom d'amant
Palpitoit doucement,
Et j'appelois doux sentiment.

Alors dans la Provence,
D'une haute naissance
Un beau jeune homme étoit;
Saint-Phar on le nommoit.
Vingt ans étoit son âge:
Quoique naive et sage,
J'écoutai cet amant,
Parloit si tendrement,
Que je connus doux sentiment.

Las! des siens la puissance
L'éloigna de la France:
Pour lui, bravant le sort,
Naufrageai sur ce bord.
Le destin m'y fit reine;
Mais quoique souveraine,
Mon cœur tendre et constant
Toujours pour mon amant
Gardera doux sentiment.

LA COQUETTERIE,

ROMANCE.

Te faudra-t-il, monstre léger,
Aimer toute la vie?
Non, non, je veux me corriger,
J'implore ton génie.
Apprends-moi comme il faut trahir,
Comme on séduit sans rien sentir,
Sur-tout (*ter.*) comme on oublie.

Dis-moi le secret d'enflammer
Un amant qui soupire,
Comment il faut le pénétrer
Du trait qui le déchire,
Comment l'on reçoit dans ses bras,
Des êtres, non, n'achève pas;
Je tremble (*ter.*) de m'instruire.

En débutant, pardonne-moi
De manquer de courage.
Qu'il est doux d'apprendre de toi
Le métier de volage!
Ah! guéris-moi donc de cet art,
Et prends garde d'un seul regard
De gâter (*ter.*) ton ouvrage.

LE VÉRITABLE AMOUR.

AIR : *Avec vous sous le même toit.*

Non, non, vous n'êtes point l'amour,
Aveux que l'esprit assaisonne;
On préfère aux propos de cour,
Propos d'amant qui déraisonne.
En vain voudroit-on exprimer
Ce que la beauté nous inspire:
Celui qui sait le mieux aimer,
A le moins d'esprit pour le dire.

La belle Aglaure, à quatorze ans,
Dupe d'un amoureux langage,
Prête l'oreille à des galans
D'une humeur légère et volage:
L'innocente! elle croit vraiment
Qu'ils souffrent un cruel martyre:
Ah! s'ils aimoient sincèrement,
Auroient-ils l'esprit de le dire?

Aglaure, laissez-moi guider
Votre aimable inexpérience,
Et sachez enfin démêler
La vérité de l'apparence:

À vos genoux, si quelque amant
Fait de jolis vers, s'il soupire,
Il ne vous aime aucunement,
Puisqu'il a l'esprit de le dire.

Mais s'il paroît dans l'embarras,
S'il est d'une réserve extrême,
S'il veut parler et n'ose pas,
Ah ! croyez alors qu'il vous aime :
Air timide, soins empressés,
Regards inquiets, doux sourire,
Pour votre cœur disent assez
Ce qu'il n'a pas l'esprit de dire.

L'AMOUR AVOCAT.

L'Amour exilé de Cythère,
Obligé de prendre un état,
Ne trouvant rien de mieux à faire,
A choisi celui d'Avocat.
Il a, pour le repos des belles,
Brisé ses traits et son carquois;
Les plumes qui paroient ses ailes
Lui servent à tracer ses lois;

Il plaidera de préférence
Pour la jeunesse et la beauté;

Chacun vante son éloquence,
Son esprit, sa facilité;
Des soins qu'il donne à son étude,
Il attend de nouveaux succès,
Et prévient qu'il a l'habitude
De gagner toujours ses procès.

Au nombre de ceux qu'il préfère,
Seront tous les procès d'amour;
Procès à qui ne peut se taire
Lorsqu'il est payé de retour;
Procès pour être trop rebelle,
Procès pour aimer froidement,
Procès pour tromper une belle,
Procès pour trahir un amant.

L'Art d'aimer et celui de plaire
Dicteront son code pénal;
Pour juge il prendra le Mystère;
Un boudoir pour son tribunal.
Ses moyens seront des caresses,
Ses répliques, des rendez-vous;
Ses discours, de tendres promesses,
Et ses avis des billets doux.

Sexe charmant, je vous engage
A protéger mon orateur;
Il n'est rien sans votre suffrage,
Il est tout par votre faveur.

Et pour mieux assurer, mesdames,
Le nouvel état qu'il a pris,
Il donnera raison aux femmes,
Toujours aux dépens des maris.

FIDÉLITÉ.

Au temps de la chevalerie,
Un Troubadour
Faisoit à bergère jolie
Serment d'amour;
Mais elle répétoit sans cesse,
Avec fierté :
Il faut unir à la tendresse
Fidélité.

Le troubadour, plein d'espérance,
Vouloit charmer;
Il sut bientôt par sa constance,
Se faire aimer;
Alors, à la belle qu'il aime,
Il a chanté:
« Souviens-toi du refrain, toi-même,
Fidélité. »

Un chevalier, de la bergère
S'approche un jour ;
Il répète, cherchant à plaire :
Serment d'amour ;
Mais à ses discours, notre belle
A résisté :
« J'ai déjà promis, lui dit-elle,
Fidélité. »

Alors relevant sa visière,
Le troubadour
Tombe aux genoux de la bergère,
Brûlant d'amour ;
Et de son amoureux délire
Tout transporté,
Sur sa banière il fait écrire :
Fidélité.

Bientôt épousant la bergère,
Il fut heureux ;
Et son épreuve téméraire
Comblu ses vœux.
Leur beau serment, quoiqu'on en dise,
Fut respecté :
Ils conservèrent pour devise
Fidélité.

COUPLETS

DU BON HOMME MISÈRE,

OU LE DIABLE COULEUR DE ROSE.

AIR : *Du petit mot pour rire.*

MARIS jaloux, vous avez tort
De gronder vos femmes si fort;
Quelle mouche vous pique!
Savez-vous, grâce à leurs appas,
Ce qu'il arrive en pareil cas:
C'est qu'on vous fait (*ter.*) la nique.

POURQUOI des grilles, des verroux?
Pauvres gens, quoi donc auriez-vous
La cervelle troublée?
Vous veillez en vain nuit et jour;
Elle est instruite par l'amour
A prendre sa (*ter.*) volée.

TOURMENTER sa belle moitié,
Sans de ses pleurs avoir pitié,
Le trait est malhonnête;
Si quelqu'un a su la toucher,
Maris, pensez-vous l'empêcher
De faire sa (*ter.*) conquête?

Vous qui prenez femme au besoin,
D'être facile ayez grand soin,
Que rien ne vous démonte.
Faites tout ce qu'elle voudra,
Ou bien quelqu'un... tra la la ra...
Vous en auriez (*ter.*) la honte.

LA FEUILLE

A L'ENVERS.

AIR : *Que j'enrage d'aimer Nicaise.*

L'AUTRE jour la jeune Lisette,
Aussi simple que son mouton,
Quoiqu'elle ait la mine coquette
Et le regard un peu fripon,
A son Amant aussi sot qu'elle,
Et le plus sot de l'univers,
Disoit : qu'est-ce que l'on appelle
Faire voir la feuille à l'envers?

TOUT autre qu'un pareil Jocrisse
Auroit saisi l'occasion

De montrer à cette novice
Ce qu'on entend par ce dicton.
Lui, pour y ruminer, s'arrête,
Et lui dit : sous ces arbres verts
Tiens, comme moi lève ta tête,
Tu verras la feuille à l'envers.

LISETTE se sentant émue,
Lui dit : Berger, reposons-nous,
Et sur le dos tout étendue,
Lançait les regards les plus doux.
Quelle agréable solitude!
Que ces bosquets sont bien couverts,
Dit-elle! ah! qu'en cette attitude
On voit bien la feuille à l'envers!

ESSAYONS, dit-il à sa belle,
Et tout aussitôt mon nigaud
Se met sur le dos auprès d'elle,
S'amuse à regarder en haut.
Amans, quand près d'une bergère,
Tant de plaisirs vous sont offerts,
Vos yeux doivent voir la fougère,
Et les siens la feuille à l'envers.

ROMANCE DE MALVINA.

Depuis qu'un autre a su te plaire,
Chaque jour me voit dépérir;
Quand Malvina ne t'est plus chère,
Malvina ne veut que mourir.
Pourtant sa foible voix t'implore,
Non pour réclamer ton amour,
Mais avant de perdre le jour,
Pour te voir une fois encore. *bis.*

Hate-toi, le trépas s'avance,
Viens voir celle qui t'adoroit,
Mourir, sur un lit de souffrance,
D'amour, de honte et de regret!
Mais ce n'est point son agonie,
Ni la mort empreinte en ses traits
Qui te diront que pour jamais
Malvina va perdre la vie. *bis.*

Mais si languissante, abattue,
Je ne sais plus compter tes pas;
Quand tu paroîtras à ma vue
Si tout mon corps ne frémit pas,
Si mon regard ne peut te suivre,
Si ma voix ne peut te nommer,
Si mon cœur a cessé d'aimer,
Alors j'aurai cessé de vivre. *bis.*

LE NOUVEAU

CODE DE L'AMOUR.

AIR : *Si Pauline est dans l'indigence.*

On représente avec des ailes
Des cœurs l'aimable souverain ;
Cet emblême attristait les Belles ;
Mais à présent plus de chagrin :
Pour les consoler et leur plaire,
On dit qu'avant la fin du jour
On va proclamer à Cythère
Le nouveau Code de l'Amour.

Voici, dit-on, par où commence
De l'Amour la nouvelle loi :
« L'Infidélité, l'Inconstance,
» Soudain s'éloigneront de moi ;
» Ils déshonoroient ma couronne,
» Je les ai bannis de ma cour ».
Ainsi le veut, ainsi l'ordonne
Le nouveau Code de l'Amour.

« Voulant mettre fin aux querelles
» Entre les époux, les amans,

» A la réforme de mes aîles
» Aujourd'hui même je consens;
» Je ne veux plus d'un couple sage
» Troubler le paisible séjour. »
Ainsi défend d'être volage
Le nouveau Code l'Amour.

L'INNOCENCE

ET LA PUDEUR.

AIR : *Au sein d'une fleur tour à tour.*

DEUX jeunes sœurs, de leurs attraits
Par-tout font sentir la puissance;
Leur beauté ne veillit jamais,
C'est la Pudeur, c'est l'Innocence.
On peut distinguer chaque sœur,
Malgré des traits de ressemblance;
Par son incarnat, la Pudeur;
Et par sa blancheur, l'Innocence.

D'UN sexe aimable et séduisant
La Pudeur est le doux partage;

Dans l'âge encore adolescent,
L'Innocence plaît davantage :
Aveu, refus, tout est faveur,
Lorsqu'il marque une préférence ;
Un doux refus, c'est la Pudeur ;
Un simple aveu c'est l'Innocence.

La Pudeur accroît le désir
En même temps qu'elle l'épure ;
L'Innocence peut ressentir
Le vague instinct de la Nature :
De vos feux modérez l'ardeur,
Amans discrets, en leur présence ;
Un rien alarme la Pudeur,
Un rien étonne l'Innocence.

A l'aspect de l'Amour léger,
De ses attraits et de ses armes,
La Pudeur pressent un danger,
L'Innocence voit mille charmes.
Par un seul trait, de chaque sœur
On peut peindre la différence :
Il faut un voile à la Pudeur,
Il n'en faut pas à l'Innocence.

A MADEMOISELLE

FANNY C***.

AIR : *Du vaudeville de Jadis et Aujourd'hui.*

A DOUZE ans, de l'adolescence
L'Amour soulève le bandeau;
A notre inquiète ignorance,
Il vient présenter son flambeau.
A travers une ombre lointaine
FANNY déjà doit entrevoir,
Celui que son ame incertaine
Désire, et craint de recevoir.

REDOUTE la flamme chérie
Qu'excite cet enfant trompeur;
Elle devient un incendie
Qui bientôt consume le cœur.
Au jour bienfaisant de l'Aurore
Vois le bouton s'épanouir;
La chaleur croît, et le dévore...
Pourquoi s'ouvroit-il pour mourir?

FRAPPÉ de tes grâces naissantes,
Un jeune essaim d'adorateurs

Par des images séduisantes
Encouragera tes ardeurs.
Fuis-les. Le chemin de Cythère,
Qui, dit-on, conduit au plaisir,
Est une route mensongère
Qui souvent mène au repentir.

Le dard triomphant de l'abeille
A-t-il percé la jeune fleur,
Elle cesse d'être vermeille,
Et tombe aussitôt de langueur.
Telle est la peinture effrayante
De l'Amour cruel, mais trop cher;
En place d'une fleur brillante
Il laisse un fruit souvent amer.

MORALITÉ.

Air : *De la pipe de tabac.*

Si, dans les jardins de Cythère,
Je me pique en cueillant des fleurs,
Dans mon dépit, dans ma colère,
Je renonce aux plaisirs trompeurs;
Mais bientôt fillette jolie
Me fait oublier mon serment :
Projet d'être sage est folie;
Autant en emporte le vent.

LA GRANDE
ET LA PETITE.

AIR : *Salut, ô divine Espérance!*

ENTRE les deux mon cœur balance ;
Mais non, il ne balance pas ;
Qu'importe un peu de différence,
Quand on voit les mêmes appas ?
L'une est grande, l'autre est petite :
La petite a de si beaux yeux !
Quand j'y pense, mon cœur palpite ;
C'est elle que j'aime le mieux !

Cependant la grande est si belle !
Elle a la taille de Vénus ;
Le teint de la rose nouvelle,
Les plus beaux cheveux qu'on ait vus !
Sa voix est si douce, si tendre,
Ses accens si mélodieux ;
Oui, c'est la grande, à le bien prendre,
C'est elle que j'aime le mieux !

MAIS la petite est bien aimable ;
Elle a tant d'esprit, de gaité !

Elle a certain air agréable,
Plus séduisant que la beauté.
Quoiqu'elle dise *je vous aime*,
Avec le ton le plus joyeux,
Cela me fait un bien extrême;
C'est elle que j'aime le mieux !

La grande dit *je vous déteste*;
Mais sa douce voix la dément,
Car quelque chose de céleste
Y glisse un ton de sentiment.
La sévérité dans sa bouche
N'annonce rien de sérieux;
Ah ! c'est la grande qui me touche,
C'est elle que j'aime le mieux !

Mais la petite est si jolie !
C'est ainsi que l'on peint l'Amour;
Elle est sage, elle est étourdie,
Bonne et maligne tour à tour.
C'est quelquefois la raison même,
C'est un lutin malicieux;
Ah ! c'est la petite que j'aime,
C'est elle que j'aime le mieux !

Doucement ! n'allons pas si vite;
Si la grande pouvoit m'aimer !

Ou si le cœur de la petite
Pour moi venoit à s'enflammer !
Amour ! Amour ! je t'en supplie,
Touche pour moi l'une des deux ;
A l'instant même je m'écrie :
« C'est elle que j'aime le mieux ! »

LA VOLIÈRE.

AIR : *Venez, venez dans mon parterre.*

Je rassemble dans ma volière,
D'oiseaux un choix intéressant ;
Mais pour en faire le présent,
Je consulte leur caractère.
Aux époux tendrement unis,
Je destine la TOURTERELLE ;
Et pour raison, aux vrais amis,
Je fais le don de l'HIRONDELLE.

Le PAON sera pour la coquette,
La LINOTTE pour l'inconstant ;
Je destine l'AIGLE au savant,
Le PERROQUET à l'indiscrette.

Au jaloux le triste COUCOU,
Le HÉRON à l'auteur tragique;
Au misantrope le HIBOU,
Et le VAUTOUR au satyrique.

UNE COLOMBE à l'innocence,
Aux jeunes gens le MOINEAU FRANC,
Au gastronome l'ORTOLAN,
Une PIE à l'inconséquente,
Je réserve le PÉLICAN,
A la tendresse maternelle;
A la sagesse un MERLE BLANC,
Et le PHÉNIX à la plus belle.

IL FAUT AIMER,

ROMANCE.

IL faut aimer, mon aimable Zélie,
L'indifférence est le poison du
cœur;
Elle flétrit les roses de la vie:
Ah! pour connoître, et sentir le
bonheur,
Il faut aimer.

Au dieu d'amour cesse d'être rebelle,
Quand son pouvoir émane de tes yeux ;
Sois désormais sensible autant que belle,
Dans leurs destins, pour égaler les dieux :
Il faut aimer.

Ouvre ton ame au feu de la tendresse,
Par le plaisir s'embellissent nos jours ;
Que tes regards me peignent son ivresse,
Auprès de toi, les miens disent toujours,
Il faut aimer.

Beauté s'enfuit, semblable aux fleurs nouvelles,
Son règne, hélas ! n'est souvent que d'un jour :
Comme le temps, le plaisir a des ailes,
Pour le fixer dans ton riant séjour,
Il faut aimer.

JE SONGE A TOI,

ROMANCE.

Je songe à toi quand se lève l'aurore,
Je songe à toi pendant l'éclat du jour ;
Quand la nuit vient, la nuit me trouve encore
Songeant à toi, songeant à mon amour.

Ton souvenir, ô ma chère Astasie,
Dans ton absence occupe seule mon cœur :
Graces, beauté, charmes de mon amie,
Je vous revois, je rêve le bonheur.

Heureux cent fois celui que ton image
Poursuit sans cesse et la nuit et le jour :
La liberté, la triste paix du sage,
Ne valent pas les doux chagrins d'amour.

LA MARCHANDE
DE RUBANS.

AIR : *Il est un dieu pour les auteurs.*

Je suis marchande de rubans,
Et j'en vends de toute nuance ;
J'en ai des verts, j'en ai des blancs,
Pour l'espérance et l'innocence.
Tous les goûts, tous les sentimens,
Dans mes rubans ont leur emblême ;
J'ai la couleur que chacun aime :
Venez acheter des rubans.

A vous, maris peu complaisans,
Qui faites haïr vos personnes ;
Maris, qui n'êtes plus galans,
Je dois offrir des rubans jaunes.
Mais vous, fidèles amoureux
Dont le cœur est plein de tendresse,
Et qui jurez d'aimer sans cesse,
Achetez-moi des rubans bleus.

Pour vous, avides hériliers,
Dont le deuil est une parure ;
Robins, médecins, créanciers,
Tous oiseaux de mauvais augure ;

Veuves qui riez au boudoir,
Mais dont la douleur est publique....
Approchez-vous de ma boutique,
Je vends aussi du ruban noir.

Illustres favoris de Mars,
Qu'enivre l'amour de la gloire,
Et qui, bravant tous les hasards,
Suivez le char de la Victoire;
Vous qui brillez par les talens,
Enfans d'Apollon, de Minerve,
La couleur que je vous réserve,
C'est le rouge pour vos rubans.

LES AGES DE L'AMOUR.

Air : *Quand l'Amour naquit à Cythère.*

D'abord innocent et timide;
Heureux même de son désir;
Puis soulevant un œil humide
Où brille l'attrait du plaisir;
N'osant se permettre un coup d'aile;
Dans l'ombre fixant son séjour;
Empressé, discret et fidèle :
Voilà l'Amour au premier jour.

Bientôt au gré des vains caprices,
Joyeux hier, triste aujourd'hui;
Des soins qui firent ses délices
Éprouvant un secret ennui;
Cheminant d'un pas lent et sage,
Lorsqu'il fendoit l'air autrefois;
Indiscret, négligent, volage:
Voilà l'Amour au bout du mois.

Enfin, usé par l'habitude,
Exigeant, grondeur et jaloux,
Traînant l'aile de lassitude,
Et bâillant même au *rendez-vous*;
Maudissant le poids de sa chaîne,
Qu'il secoue en se mutinant,
Et presque semblable à la haine:
Voilà l'Amour au bout d'un an.

LE BAISER.

Air: *Te bien aimer, ô ma chère Zelie!*

Mon cœur brûloit pour une tendre amie,
D'un feu qu'amour prenoit soin d'attiser;
Je fus payé d'un regard de Marie:
Il me manquoit encor un doux baiser.

Marie un jour pour prix de ma
tendresse,
Ne pensa pas devoir rien refuser:
Dieux, quel bonheur! conçoit-on
mon ivresse?
J'obtins enfin un tendre et doux
baiser.

Mais depuis lors mon cœur n'est
pas tranquille,
Je souffre, hélas! rien ne peut l'appaiser;
Elle auroit dû m'en accorder un
mille,
Ou refuser ce premier doux baiser.

Chaque matin voit croître mon
martyre,
Avec l'amour qu'elle sut m'inspirer;
Mon tendre cœur espère, puis désire,
Plus ne suffit maintenant un baiser.

Dieux! des amours de mes feux
interprètes,
Gardez-vous bien de me trop abuser?
Si ses faveurs doivent être imparfaites,
Vous auriez dû me ravir ce baiser.

MON TESTAMENT.

AIR : *Trouverez-vous un parlement ?*

JE veux faire mon testament,
Ne fût-ce que pour me distraire ;
Et régler mon enterrement,
Mais d'une nouvelle manière.
Laissons le malade orgueilleux
Léguer tout son bien pour des cierges ;
Toute la pompe que je veux,
C'est un cortége de cent vierges.

CENT vierges, me dit un malin,
Où voulez-vous donc qu'on les trouve ?
Eh ! mon Dieu, le monde en est plein,
Si vous en doutez, je le prouve ;
Prenez la déclaration
Des filles, objet de vos doutes ;
Aucunes ne vous dira non ;
Vous verrez qu'elles le sont toutes.

QUAND le mal ou le médecin
Amènera l'instant critique,

Autour de mon lit que soudain
On fasse une douce musique.
Je veux que toutes les beautés
Que je chantois pendant ma vie,
Sur deux files, à mes côtés,
Chantent pendant mon agonie.

Aussitôt que je serai mort,
Je veux que l'aimable cortège
M'accompagne à mon dernier port,
En habits blancs comme la neige;
Que des fleurs le long du chemin
Tombent en flocons sur leurs traces,
Et que chacune dans sa main
Tienne le *Chansonnier des Grâces*.

Qu'une pierre taillée en cœur
Couvre ma demeure dernière,
Et que par la main du graveur
Ces vers soient tracés sur la pierre:
« Ci-gît un auteur peu connu,
» Qui célébra toutes les belles;
» Il est mort comme il a vécu,
» Son dernier soupir fut pour elles. »

LE DOIGT DE COUR.

AIR : *Cœurs sensibles.*

Il est des beautés cruelles,
Et l'on s'en plaint chaque jour ;
Savez-vous pourquoi nos belles
Sont si froides en Amour ?
Ces Dames se font entre elles,
Par un généreux retour,
Ce qu'on nomme un doigt de
Cour. *bis.*

Il seroit moins de rebelles,
Et l'on vaincroit chaque jour,
Si les hommes auprès des belles
Etoient fermes en amour :
Mais leur fréquente foiblesse,
Promettant peu de retour,
Les réduit au doigt de Cour. *bis.*

Messieurs, devenez fidelles,
Ardens, discrets tour à tour ;
Bientôt vous verrez les belles
Brûler du plus pur amour ;
Vous pourrez obtenir d'elles,
Par un mutuel retour,
D'abjurer le doigt de Cour. *bis.*

L'ÉTINCELLE.

Vous qui dans l'indifférence,
Coulez d'heureux jours,
Ah ! Redoutez la présence
Du Dieu des amours.
A son approche cruelle,
Fermez votre cœur ;
Il ne faut qu'une étincelle
Pour faire un malheur. } *bis.*

Quand une fille rebelle
Brave son pouvoir,
Ce Dieu, pour punir la belle,
N'a qu'à le vouloir.
Il va secouer près d'elle
Son flambeau vengeur ;
Il n'en faut qu'une étincelle
Pour faire un malheur. } *bis.*

Quand là haut Jupiter même
Devint amoureux,
Dans sa jalousie extrême
Il troubla les Cieux.
Toute l'engeance mortelle
Pâlit de frayeur,
Et ce fut une étincelle
Qui fit ce malheur. } *bis.*

Ce Dieu-là ne nous enflamme
Jamais tout d'un coup;
Mais quand il vient dans une ame,
C'est à pas de loup.
Jeune et gente Demoiselle,
Ah! si votre cœur
Dit: ce n'est qu'une étincelle; } *bis.*
Craignez un malheur.

Si l'amour par son atteinte
Est si dangereux,
Il faut pour vivre sans crainte,
Ne pas voir tes yeux.
Un rayon de ta prunelle
A dit à mon cœur,
Qu'il ne faut qu'une étincelle } *bis.*
Pour faire un malheur.

M'AIMERAS-TU?

Air: *Le premier pas.*

M'aimeras-tu? quand j'oserai te dire:
Prends sur mon ame un pouvoir absolu,
Lorsque ton nom répété sur ma lyre,

Par ses accords te peindra mon
délire,
M'aimeras-tu? *bis.*

M'AIMERAS-TU?...... Trop flatteuse
espérance,
Vois près de toi comme je suis ému,
Je t'ai voué toute mon existence,
Mais, réponds-moi, pour prix de
ma constance,
M'aimeras-tu? *bis.*

M'AIMERAS-TU, si je dis que je
t'aime
Pour tes attraits, moins que pour
ta vertu;
Deux mots de toi seroient le bien
suprême,
Prononce-les, ô moitié de moi-
même!
M'aimeras-tu? *bis.*

M'AIMERAS-TU? tu ne dis rien en-
core,
Ah! prends pitié pour mon cœur
abattu,
Dans les tourmens du feu qui me
dévore:
Puis-je cesser de dire je t'adore:
M'aimeras-tu? *bis.*

LA BERGÈRE EXIGEANTE.

Air : *Faut attendre avec patience.*

Assis au bord d'une fontaine,
Le jeune Tircis l'autre jour,
Les yeux attachés sur Climène,
L'entretenoit de son amour.
Non, non, dit-elle d'un air tendre,
Tous tes regards sont superflus,
Ah! pour me forcer à me rendre,
Il faut quelque chose de plus.

Il lui disoit, chère Climène,
Rien n'est égal à mon ardeur,
Et l'Amour lui-même auroit peine
A t'offrir un plus tendre cœur.
Non, non, dit-elle, d'un air tendre,
Tous tes discours sont superflus,
Ah! pour me forcer, etc.

Que te faut-il donc davantage?
Tu vois l'excès de ma langueur;
Cruelle change de langage,
Ou je vais mourir de douleur.

Non, non, dit-elle, d'un air tendre,
Tous tes chagrins sont superflus,
Ah ! pour me forcer, etc.

Du *plus* qu'attendoit la bergère,
Tircis se doutant à la fin,
Crut débrouiller tout ce mystère,
Et sur sa bouche, et sur son sein.
Non, non, dit-elle, d'un air tendre,
Tous ces baisers sont superflus,
Ah ! pour me forcer, etc.

Tircis qu'un tel reproche enchante,
Profite enfin de la leçon,
Et pour répondre à son attente,
Il s'y prend d'une autre façon.
Ah ! lui dit-elle, d'un air tendre,
Tous autres soins sont superflus,
Ah ! tu me forces à me rendre,
Je ne demande rien de plus.

ARIETTE

DE CLAUDINE.

C'est un mélange que la vie
Et de chagrin et de plaisir :
Elle offre une route fleurie ;
Mais l'épine se fait sentir.
De cette douleur qu'elle cause
Le remède est tout à côté ;
Persistez et cueillez la rose } *bis.*
Sur les lèvres de la beauté.

Si de l'inconstante fortune
Un jour j'éprouvois les rigueurs,
Jamais une plainte importune
Ne réclameroit ses faveurs ;
L'intérêt la suivant sans cesse,
Maudit son infidélité ;
Moi j'irai chercher la ri-
chesse } *bis.*
Sur les lèvres de la beauté.

Peut-être une fièvre brûlante
Viendra-t-elle assiéger mes jours,
Et de sa pâleur effrayante
Rebuter l'essaim des amours.

Mais que ma maîtresse chérie
Un instant vienne à mon côté,
Et je retrouverai la vie
Sur les lèvres de la beauté. } *bis.*

LE PETIT BON SOIR,

ROMANCE.

Air : *Mon cœur soupire dès l'aurore.*

Pour sujet d'une chansonnette,
On m'a donné le mot bon soir;
Ma muse est peut-être indiscrette,
D'avoir osé le recevoir.
Si je m'expose à l'entreprendre,
Belles, n'allez pas m'en vouloir;
Ah! pourriez-vous bien sans m'entendre,
Refuser mon petit bon soir. *bis.*

L'Hymen, sombre par caractère,
Avec son frère voyageoit,
Celui-ci d'une aile légère
Caressoit les fleurs qu'il trouvoit;
L'Hymen fatigué du voyage,
De le fixer avoit l'espoir:

Mais l'Amour qui fuit l'esclavage,
L'abandonne et lui dit : Bon soir. *b.*

Le plus souvent l'Hymen sommeille,
Lorsqu'il n'est point avec l'amour ;
Et chaque fois qu'il se réveille,
Il ne peut dire que bon jour.
Mais si l'amour dans le ménage,
Avec adresse se fait voir ;
L'Hymen que son frère encourage,
A son bon jour joint le bon soir. *b.*

Mais à la fin l'amour s'envole,
Hélas ! pour ne plus revenir :
Et l'heureux couple qu'il désole,
Perd le bonheur et le plaisir.
L'Hymen alors prend sa revanche,
Et se renferme en son boudoir ;
Aux tristes époux il retranche,
Et le bon jour et le bon soir. *bis.*

Sans doute l'Hymen est blâmable,
Et moi je m'offre sans façon,
Pour défendre le sexe aimable,
Qui lira ma foible chanson.
Si toujours l'Hymen vous offense,
En secret vous viendrez me voir.
Pour venger son impertinence,
Je vous donnerai le bon soir. *bis.*

LA FILLE OBÉISSANTE.

AIR : *Philis demande son portrait.*

C'EST LA MÈRE QUI PARLE.

BABET, par tout ce que je vois,
Te voilà grande fille :
Deux états s'offrent à ton choix,
Ou l'hymen ou la grille.
Un époux fera ton bonheur,
Si tu me prends pour guide ;
La grille, mon enfant, du cœur
Ne remplit pas le vide.

Tu connois le jeune Sylvain,
Le vertueux Lycandre ;
Par le rang tous deux à ta main,
Ils ont droit de prétendre ;
Le bien, ma fille, est aujourd'hui
Le but qu'on se propose ;
Lycandre n'a rien devant lui ;
Sylvain a quelque chose.

LA FILLE RÉPOND :

AH ! Maman, à toutes vos lois
Mon cœur souscrit d'avance ;
L'époux dont vous aurez fait choix,
Aura la préférence.
Puis-je choir avec votre appui ?
— En vous je me repose,
Puisque mon époux devant lui
Doit avoir quelque chose.

LES SEPT PÉCHÉS CAPITAUX.

AIR : *Je ne suis plus de ces vainqueurs.*

ÉLISA, connois mes défauts,
Je te confesse, mon amie,
Que les sept péchés capitaux
Tour à tour ont charmé ma vie :
Au premier tort de ton amant,
Ne vas pas te montrer sévère ;
Tous les jours, à chaque moment,
Je suis *orgueilleux*... de te plaire.

Je suis *avare*, et pour mon bien
Je donnerois mon existence;
Mais mon Elisa tu sais bien
Qu'en toi seule est mon opulence.
Loin de moi portes-tu tes pas,
L'inquiétude me dévore,
Même en te pressant dans mes bras,
Je tremble de te perdre encore.

Quand je te vois, un vif désir
M'occupe, m'enchante, m'anime :
Je cède à la voix du plaisir,
Et l'on prétend que c'est un crime :
Laissons, crois-moi, le froid censeur
Blâmer les plaisirs du jeune âge;
Je rends hommage au créateur,
En aimant son plus bel ouvrage.

Ton amant n'est point envieux
De trésors, de vaines richesses,
Il lui suffit pour être heureux
D'avoir tes baisers, tes caresses;
Je fis serment, en te voyant,
De te chérir toute la vie;
Vivre et mourir en t'adorant,
Est encore mon unique *envie*.

J'ÉTOIS sobre et je suis *gourmand*,
Elisa toi seule en est cause,
Ne m'offre rien dorénavant
Touché par tes lèvres de rose ;
Tout me semble délicieux,
Présenté par ta main chérie,
Et les mets les moins savoureux,
Me paroissent de l'ambroisie.

Tu peux voir mon teint s'animer,
En te reprochant ton absence ;
Tu peux voir mon œil s'enflammer,
Si je t'accuse d'inconstance :
Mais bientôt chassant ces pensées,
Enfant d'une crainte éphémère,
C'est en te couvrant de baisers
Que j'appaiserai ma *colère*.

COMBIEN la vie offre d'appas !
Que le temps coule avec vitesse !
Lorsqu'on se livre entre tes bras
Au doux charme de la *paresse* ;
Ce péché fait tout mon bonheur,
Et je voudrois, ma jeune amie,
En te pressant contre mon cœur,
Le commettre toute ma vie.

FIN.

TABLE.

TABLE.

TABLE.

TABLE.

FIN DE LA TABLE.

CALENDRIER

POUR

L'ANNÉE 1817.

A ROUEN,

Chez LECRÊNE LABBEY, Imprim.-Libr.
Grande-Rue, N°. 7.

ÉPOQUES DE 1817.

Année de la Période Julienne, 6530.
— De la première Olympiade, 2591.
— De la Fondation de Rome, 2570.
— De l'époque de Nabonassar, 2564.
— De la Nativité de Jésus-Christ, 1817.
— De la Monarchie Française, 1408.

L'année 1232 des Turcs commence le 21 Novembre 1816, et finit le 10 Novembre 1817.

FÊTES MOBILES.

Septuagésime, 2 Février.
Cendres, 19 Février.
PASQUES, 6 Avril.
Rogations, 12, 13 et 14 Mai.
ASCENSION, 15 Mai.
PENTECOTE, 25 Mai.
Trinité, 1 Juin.
Fête-Dieu, 5 Juin.
Avent, 30 Novembre.
De l'Epiphanie à la Septuagés., 3 Dim.
De la Pentecôte à l'Avent, 26 Dim.

COMPUT ECCLÉSIASTIQUE.

Nombre d'Or, 13.
Epacte, XII.
Cycle Solaire, 6.
Indiction Romaine, 5.
Lettre Dominicale, E.

QUATRE-TEMPS.

Février, 26, 28 et 1 Mars.
Mai, 28, 30 et 31.
Septembre, 17, 19 et 20.
Décembre, 17, 19 et 20.

JANVIER 1817. *Signe*, le Verseau.

P.L. le 3, à 0 h. 53 m. s.	N.L. le 17, à 0 h. 47 m. s.
D.Q. le 10, à 11 h. 51 m. m.	P.Q. le 25, à 11 h. 52 m. m.

J. du M.	Jours de la Sem.	NOMS des SAINTS.	Lever de L. H.	M.	Cou. de L. H.	M.	J. de L.
1	*Merc*	CIRCONCISIO.	2 Soir.	24	5 Matin.	43	14
2	jeudi	s. Basile.	3	3	6	56	15
3	vendr	*ste Geneviève.*	3	57	8	3	16
4	same	s. Tite, éveq.	6	4	8	53	17
5	DIM.	s. Edouard, roi.	6	18	9	40	18
6	lundi	EPIPHANIE.	7	38	10	5	19
7	mardi	s. Aldric, év.	8	59	10	30	20
8	merc	s. Lucien, év.	10	19	10	52	21
9	jeudi	s. Pierre, év.	11	38	11	11	22
10	vendr	s. Guillaume, év.	Matin.		11	30	23
11	same	s. Hygin, pape	0	57	11	50	24
12	1 D	s. Arcade, mar.	2	17	0 Soir.	12	25
13	lundi	Bapt. de N. S.	3	36	0	39	26
14	mardi	s. Hilaire, év	4	54	1	14	27
15	merc	s. Maur, abbé	6	10	1	59	28
16	jeudi	s. Honorat, év	7	15	2	56	29
17	vendr	s. Antoine, ab	8	6	4	2	30
18	same	Ch. s. Pierre.	8	44	5	14	1
19	2. D.	s. Sulpice, év.	9	17	6	26	2
20	lundi	s. Sébastien.	9	35	7	38	3
21	mard.	ste Agnès, mar.	9	54	8	45	4
22	merc.	s. Vincent, d.	10	10	9	52	5
23	jeudi	s. Jean l'aumôn.	10	24	10	56	6
24	vendr	s. Timothée.	10	40	Matin.		7
25	same	Conv. de s. Paul.	10	56	0	2	8
26	3. D.	ste Paule, vierg.	11	15	1	9	9
27	lundi	s. Jean-Chrisost.	11	37	2	17	10
28	mardi	s. Charlemagne.	0 Soir.	5	3	26	11
29	merc	s. François de S.	0	42	4	35	12
30	jeudi	ste Bathilde, r.	1	32	5	40	13
31	vendr	s. Julien, éveq.	2	34	6	35	14

FÉVRIER. *Signe*, les Poissons.

P.L. le 2, à 2 h. 25 m. m. | N.L. le 16, à 4 h. 27 m. m.
D.Q. le 8, à 7 h. 55 m. s. | P.Q. le 24, à 8 h. 37 m. m.

J. du M.	Jours de la Sem.	NOMS des SAINTS.	Lever de L. H.	M.	Couc. de L. H.	M.	J. de L.
1	same	s. Ignace.	3 Soir.	50	7 Matin.	21	15
2	DIM.	*Septuag. Purif*	5	8	7	56	16
3	lundi	s. Blaise, év.	6	32	8	24	17
4	mardi	s. Isidore, prêt.	7	56	8	53	18
5	merc	ste Agathe v	9	9	9	9	19
6	jeudi	s. Amand, év.	10	40	9	28	20
7	vendr	s. Richard, roi.	Matin.		9	48	21
8	same	s. Etienne, h.	0	1	10	10	22
9	DIM.	*Sexagésime.*	1	21	10	36	23
10	lundi	ste Scholastique.	2	40	11	8	24
11	mardi	ste. Euphrosine.	3	57	11	49	25
12	merc	ste. Eulalie, v.	5	3	0 Soir.	41	26
13	jeudi	s. Lézin, évêq.	5	57	1	42	27
14	vendr	s. Valentin, mart.	6	37	2	52	28
15	same	s. Faustin.	7	9	4	5	29
16	DIM	*Quinquagésime*	7	34	5	17	1
17	lundi	s. Sylvain, év.	7	55	6	28	2
18	mardi	s. Siméon, év.	8	12	7	35	3
19	merc	*Les Cendres.*	8	27	8	41	4
20	jeudi	s. Eucher.	8	42	9	47	5
21	vendr	s. Flavien.	8	59	10	53	6
22	same	ste Isabelle.	9	16	Matin.		7
23	1. D.	*Quadragésime.*	9	37	0	1	8
24	lundi	s. Matthias, ap	10	2	1	10	9
25	mardi	s. Prétextat, arc.	10	35	2	17	10
26	merc	*Quatre-Temps.*	11	18	3	23	11
27	jeudi	ste. Honorine.	0 Soir.	13	4	22	12
28	vendr	Martyrs d'Ale.	1	22	5	12	13

MARS. *Signe*, le Bélier.

P. L. le 3, à 1 h. 44 m. s.	N. L. le 17, à 9 h. 20 m. s.
D. Q. le 10, à 5 h. 3 m. m.	P. Q. le 26, à 2 h. 11 m. m.

J. du M.	Jours de la Sem.	NOMS des SAINTS.	Lever de L. H. M.	Couc. de L. H. M.	J. de L.
1	same	s. Aubin, évêq.	Soir. 2 41	Matin. 5 51	14
2	2. D.	*Reminiscere.*	4 4	6 25	15
3	lundi	ste Cunégonde.	5 29	6 50	16
4	mardi	s Adrien, mart.	6 56	7 13	17
5	merc	s Drassin, év.	8 22	7 34	18
6	jeudi	ste. Colette, v.	9 48	7 54	19
7	vendr	s. Thomas d'A.	11 13	8 15	20
8	same	s. Jean-de-Dieu.	Matin.	8 41	21
9	3. D.	*Oculi.*	0 34	9 12	22
10	lundi	ste. Doctrovée.	1 54	9 51	23
11	mardi	les 40 Martyrs.	3 3	10 40	24
12	merc	s. Grégoire, p.	4 0	11 40	25
13	jeudi	ste Euphrasie.	4 45	Soir. 0 47	26
14	vendr	ste Mathilde.	5 20	1 59	27
15	same	s. Longin, mar.	5 46	3 11	28
16	4. D.	*Lætare.*	6 7	4 21	29
17	lundi	s. Patrice, év.	6 24	5 29	30
18	mardi	s. Cyrille, évêq.	6 39	6 36	1
19	merc	s. Joseph, conf.	6 54	7 43	2
20	jeudi	s Joachim.	7 11	8 50	3
21	vendr	s. Benoît, abbé.	7 28	9 57	4
22	same	s. Paul.	7 47	11 4	5
23	5. D.	*La Passion.*	8 10	Matin.	6
24	lundi	ste. Catherine.	8 39	0 11	7
25	mardi	*Annonciation.*	9 17	1 18	8
26	merc	s. Herbland, ab.	10 6	2 20	9
27	jeudi	s. Eutiche, m.	11 9	3 13	10
28	vendr	*N.-D.-de-Pitié.*	Soir. 0 20	3 55	11
29	same	s Eustase, ab	1 40	4 30	12
30	6 D.	*Les Rameaux*	3 4	4 58	13
31	lundi	s. Gui, abbé.	4 30	5 21	14

AVRIL. *Signe*, le Taureau.

P. L. le 1, à 11 h. 18 m. s.	N. L. le 16, à 2 h. 37 m. s.
D. Q. le 8, à 3 h. 37 m. s.	P. Q. le 24, à [illegible] h. 31 m. s.

J. du M.	Jours de la Sem.	NOMS des SAINTS.	Lever de L. H.	Lever de L. M.	Couc. de L. H.	Couc. de L. M.	J. de L.
1	mardi	s. Hugues.	5 Soir	57	5 Matin	43	15
2	merc.	s. François de P.	7	24	6	3	16
3	jeudi	s. Richard, év.	8	52	6	24	17
4	vendr.	*Vendredi Saint*	10	20	6	48	18
5	same.	s. Vincent Fer.	11	43	7	16	19
6	DIM.	PASQUES.	Matin.		7	51	20
7	lundi	s. Hégésippe.	1	2	8	42	21
8	mardi	s. Gautier.	2	6	9	39	22
9	merc.	ste Marie Egyp.	2	55	10	46	23
10	jeudi	s. Macaire, év.	3	32	11	57	24
11	vendr.	s. Léon, pape.	4	0	1 Soir	9	25
12	same.	s. Jules, pape.	4	22	2	10	26
13	1. D.	*Quasimodo.*	4	40	3	29	27
14	lundi	s. Lambert, év.	4	56	4	35	28
15	mardi	ste Anastasie.	5	12	5	4[illegible]	29
16	merc.	s. Paër, év.	5	26	6	47	30
17	jeudi	s. Etienne, ab.	5	41	7	54	1
18	vendr.	s. Apollonius, m.	6	9	9	2	2
19	same.	s. Elphège, m.	6	21	10	11	3
20	2. D.	ss. Martyrs.	6	48	11	18	4
21	lundi	s. Anselme.	7	22	Matin.		5
22	mardi	ste Opportune.	8	7	0	21	6
23	merc.	s. Georges, mar.	9	3	1	16	7
24	jeudi	ste Beuve.	10	9	2	1	8
25	vendr.	s. Marc, *Abst.*	11	20	2	37	9
26	same.	s. Clet, pape.	0 Soir	43	3	4	10
27	3. D.	s. Anthime, év.	2	6	3	30	11
28	lundi	s. Vital, mart.	3	30	3	51	12
29	mardi	s. Robert, ab.	4	55	4	11	13
30	merc.	s. Eutrope, év.	6	23	4	32	14

MAI. *Signe*, les Gémeaux.

P.L. le 1. à 7 h. 4? m. m. | N.L. le 16, à 7 h. 9 m. m.
D.Q. le 8, à ? h. 44 m. m. | P.Q. le 24. P. L. le 30

J. du M.	Jours de la Sem.	NOMS des SAINTS.	Lever de L. H.	Lever de L. M.	C. de L. H.	C. de L. M.	J. de L.
1	jeudi	s. Jacques & Ph.	7 Soir	52	[illegible] Matin.	[illegible]	15
2	vendr	s. Athanase, év.	9	22	5	1?	16
3	same	Inv. de la Croix	10	45	5	52	17
4	4. D.	ste Monique.	11	58	6	36	18
5	lundi	C. de s. August.	Matin.		7	30	19
6	mardi	*s. Jean-P.-L.*	..	55	8	36	20
7	merc	s. Stanislas, m.	1	38	9	48	21
8	jeudi	s. Désiré, év.	2	10	11	2	22
9	vendr	s. Grégoire.	2	33	0 Soir.	4	23
10	same	s. Antonin, arc.	2	52	1	24	24
11	5. D.	s. Mamert, év.	3	9	2	3.	25
12	lundi	*Rogations.*	3	24	3	37	26
13	mardi	s. Servais.	3	38	4	43	27
14	merc	s. Pacôme, ab.	3	53	5	50	28
15	*Jeudi*	ASCENSION	4	10	6	57	29
16	vendr	s. Honoré, év.	4	30	8	5	1
17	same	s. Paschal, rel	4	55	9	13	2
18	6. D.	s. Venant, év.	5	25	10	17	3
19	lundi	s. Yves, offic.	6	6	11	15	4
20	mardi	s. Bernardin.	6	58	Matin.		5
21	merc	s. Hospice.	8	2	0	3	6
22	jeudi	ste Julie, vier.	9	13	0	4?	7
23	vendr	s. Didier, év.	10	29	0	1?	8
24	same	*Vigile-Jeûne.*	11	47	1	36	9
25	DIM.	PENTECOTE	1 Soir.	8	1	57	10
26	lundi	s. Philippe de N.	2	30	2	16	11
27	mardi	s. Hildevert, év.	3	52	2	34	12
28	merc	*Quatre Temps.*	5	19	2	54	13
29	jeudi	s. Maximin, év.	6	57	3	17	14
30	vendr	s. Ferdinand, r.	8	14	3	45	15
31	same	ste Pétronille	9	34	4	22	16

JUIN. *Signe*, l'Ecrevisse.

D. Q. le 6, à 5 h. 39 m. s. | P. Q. le 22, à 7 h. 12 m. m.
N. L. le 14, à 9 h. 54 m. s. | P. L. le 28, à 11 h. 27 m. s.

Jours du M.	Jours de la Sem.	NOMS des SAINTS	Lever de L. H.	Lever de L. M.	Couc. de L. H.	Couc. de L. M.	Jours de L.
1	1. D.	TRINITÉ.	10	40 Soir	5	12 Matin	17
2	lundi	s. Pothin, év.	11	32	6	14	18
3	mardi	ste Clotilde, r.	Matin		7	26	19
4	merc	s. Optat, év.	0	7	8	41	20
5	*Jeudi*	FÊTE-DIEU.	0	36	9	56	21
6	vendr	s. Claude, év.	0	56	11	8	22
7	same	s. Paul, évêqu.	1	13	0	19 Soir	23
8	2. D.	s. Godard, arc.	1	28	1	23	24
9	lundi	ste. Pélagie.	1	40	2	29	25
10	mardi	ste Marguerite.	1	55	3	36	26
11	merc	s. Barnabé, ap.	2	11	4	44	27
12	jeudi	*Oct. Fête-Dieu.*	2	32	5	54	28
13	vendr	s. Antoine de P.	2	54	7	0	29
14	same	s. Quintien, év.	3	22	8	5	30
15	3. D.	s. Modeste.	4	0	9	5	1
16	lundi	s. Cyr, ste Jul.	4	49	9	5	2
17	mardi	s. Avit, abbé.	5	49	10	38	3
18	merc	ste Marine, v.	6	59	11	11	4
19	jeudi	s. Gerv. s. Prot.	8	14	11	37	5
20	vendr	s. L[illegible]uin.	9	31	11	58	6
21	same	s. Louis de Gon.	10	49	Matin		7
22	4. D.	s. Paulin, év.	0	8 Soir	0	17	8
23	lundi	*Vigile-Jeûne.*	1	28	0	35	9
24	mardi	*s. Jean-Baptis.*	2	50	0	54	10
25	merc	s. Prosper, doc.	4	15	1	14	11
26	jeudi	s. Jean, s. Paul.	5	40	1	38	12
27	vendr	s. Irénée, év.	7	3	2	10	13
28	same	*Vigile-Jeûne.*	8	17	2	52	14
29	5. D.	s. PIERRE s. P.	9	14	3	49	15
30	lundi	Com. de s. Paul.	9	58	4	57	16

JUILLET. *Signe*, le Lion.

D.Q. le 6, à 9 h. 35 m. m. | P. Q. le 21, à 0 h. 5 m. s.
N.L. le 14, à 10 h. 26 m. m. | P.L. le 28, à 8 h. 31 m. m.

J. du M.	Jours de la Sem.	NOMS des SAINTS	Lever de L. H.	Lever de L. M.	Conc. de L. H.	Conc. de L. M.	J. de L.
1	mardi	Déc. s. Jean-B.	10 Soir.	25	6 Matin.	6	17
2	merc	Visit. de N.-D.	10	48	7	25	18
3	jeudi	ste Hyacinthe.	11	12	8	44	19
4	vendr	Tr. de s. Martin.	11	31	9	58	20
5	same	ste Zoé, mart.	11	45	11	6	21
6	6. D.	s. Tranquillin.	11	58	0 Soir.	12	22
7	lundi	s. Pantin, prêt.	Matin.		1	15	23
8	mardi	ste Elisabeth, r	0	14	2	22	24
9	merc	ste Anatolie,	0	31	3	32	25
10	jeudi	ste Félicité, m.	0	52	4	40	26
11	vendr	Tr. de s. Benoît	1	18	5	47	27
12	same	s Clet, pape.	1	54	6	50	28
13	7. D.	s. Anaclet, pap.	2	38	7	48	29
14	lundi	s. Bonaventure.	3	36	8	32	1
15	mardi	s. Henri, emp.	4	42	9	8	2
16	merc	N.-D du M. C.	6	0	9	37	3
17	jeudi	s. Alexis, conf.	7	16	10	0	4
18	vendr	ste Céleste, v.	8	35	10	19	5
19	same	s. Arsène, moin.	9	53	10	38	6
20	8. D.	ste Marguerite.	11	11	10	54	7
21	lundi	s. Victor, m.	0 Soir.	32	11	13	8
22	mardi	ste Marie-Mad.	1	56	11	36	9
23	merc	s. Wandrille, ab.	3	19	Matin.		10
24	jeudi	ste Christine, v.	4	40	0	3	11
25	vendr	s. Jacques, s. Ch.	5	56	0	40	12
26	same	ste Anne.	7	0	1	31	13
27	9. D	7 Frères dorm.	7	48	2	34	14
28	lundi	s. Innocent, pa.	8	25	3	48	15
29	mardi	ste Marthe, v.	8	50	5	3	16
30	merc	ste Eugénie, m.	9	13	6	20	17
31	jeudi	s. Germain, év.	9	35	7	35	18

AOUST. *Signe*, la Vierge.

D.Q. le 5, à 2 h. 56 m. m.	P.Q. le 19, à 4 h. 59 m. s.
N.L. le 12, à 10 h. 50 m. s.	P.L. le 26, à 7 h. 45 m. s.

J. du M.	Jours de la Sem.	NOMS des SAINTS.	Lever de L. H.	M.	Conc. de L. H.	M.	J. de L.
1	vendr	s. Pier.-es-liens.	9 Soir	41	8 Matin	48	19
2	same	SS de l'anc L.	9	57	9	53	20
3	10 D	Inv. de s. Etien.	10	16	11	2	21
4	lundi	s. Dominique	10	33	0 Soir	8	22
5	mardi	N.-D. des Neig.	10	53	1	16	23
6	merc	Transf. de N.-S.	11	15	2	22	24
7	jeudi	s. Victrice, arch	11	44	3	32	25
8	vendr	s. Ciriaque, m	Matin.		4	37	26
9	same	s. Romain, mar.	0	28	5	37	27
10	11. D.	s. Laurent, diac.	1	19	6	25	28
11	lundi	ste Susanne, v.	2	26	7	4	29
12	mardi	ste Claire, vier.	3	38	7	38	30
13	merc	s. Hypolite, m.	4	58	8	3	1
14	jeudi	*Vigile-Jeûne.*	6	18	8	24	2
15	*Vend*	ASSOMPTIO.	7	41	8	43	3
16	same	s. Roch, laïque.	9	2	9	0	4
17	12. D.	s. Mammez, m.	10	22	9	20	5
18	lundi	ste Hélène, imp	11	44	9	42	6
19	mardi	s. Louis	1 Soir	7	10	6	7
20	merc	s. Bernard, ab.	2	31	10	42	8
21	jeudi	s. Privat, évêq	3	48	11	28	9
22	vendr	s. Philbert, ab	4	55	Matin.		10
23	same	s. Sidoine, év	5	47	0	24	11
24	13 D.	s. Barthelemi.	6	25	1	34	12
25	lundi	s. LOUIS, roi.	6	57	2	49	13
26	mardi	s. Ouen, arch.	7	18	4	4	14
27	merc	s. Césaire, év	7	39	5	19	15
28	jeudi	s. Augustin	7	55	6	34	16
29	vendr	s. Adolphe, év.	8	10	7	44	17
30	same	ste Rose. s. Fia.	8	25	8	51	18
31	14. D.	s. Médéric ab.	8	38	10	0	19

SEPTEMBRE. *Signe*, la Balance.

D. Q. le 3, à 9 h. 10 m. s. | P. Q. le 17, à 5 h. 13 m. m.
N. L. le 11, à 6 h. 57 m. m. | P. L. le 25, à 5 h. 56 m. m.

J. du M.	Jours de la Sem.	NOMS des SAINTS.	Lever de L. H.	M.	Conc. de L. H.	M.	J. de L.
1	lundi	s. Gilles, s. Len.	9 Soir	1	11 M.	1	20
2	mardi	s. Juste, évequ.	9	20	0 Soir	13	21
3	merc	s. Grégoire le G.	9	50	1	24	22
4	jeudi	ste Rosalie, v.	10	27	2	31	23
5	vendr	s. Bertin, abbé	11	16	3	31	24
6	same	s. Onésiphore.	Matin.		4	27	25
7	15. D.	s. Cloud.	0	14	5	7	26
8	lundi	*Nativité N.-D.*	1	21	5	43	27
9	mardi	s. Gorgon, mar.	2	39	6	10	28
10	merc	s. Nicolas de T.	4	1	6	31	29
11	jeudi	s. Patient, év	5	25	6	53	1
12	vendr	s. Guy, confes	6	47	7	15	2
13	same	s. Aimé, évêq.	8	7	7	37	3
14	16. D	Ex. de la Croix.	9	30	7	54	4
15	lundi	s. Lubin, év.	11	3	8	19	5
16	mardi	s. Cyprien, év	0 Soir	27	8	50	6
17	merc	*Quatre-Temps.*	1	47	9	31	7
18	jeudi	ste. Sophie.	2	54	10	26	8
19	vendr	s. Janvier, év.	3	49	11	35	9
20	same	s. Eustache, m	4	38	Matin.		10
21	17. D.	s. Matthieu, ap.	5	10	0	43	11
22	lundi	s. Maurice, mar.	5	34	1	59	12
23	mardi	ste. Thecle.	5	53	3	15	13
24	merc	s. Germer.	6	7	4	28	14
25	jeudi	s. Firmin, év.	6	23	5	37	15
26	vendr	ste Justine, mar.	6	38	6	44	16
27	same	s. Côme, s. Dam.	6	54	7	55	17
28	18 D.	s. Wenceslas, d.	7	13	9	0	18
29	lundi	s. Michel, arch.	7	35	10	10	19
30	mardi	s. Jérôme, pret.	8	1	11	18	20

OCTOBRE. *Signe*, le Scorpion.

D. Q. le 3, à 2 h. 51 m. s. | P. Q. le 17, à 7 h. 54 m. m.
N. L. le 10, à 4 h. 24 m. s. | P. L. le 25, à 3 h. 4 m. m.

Jours du M.	Jours de la Sem.	NOMS des SAINTS.	Lever de L. H.	Lever de L. M.	Couc. de L. H.	Couc. de L. M.	J. de L.
1	merc.	s. Remy, évêq.	8 Soir.	28	0 Soir.	24	21
2	jeudi	ss. Anges Gard.	9	13	1	32	22
3	vendr	s. Gérard, abbé.	10	7	2	35	23
4	same	s. François d'As.	11	8	3	15	24
5	19. D.	s. Placide, moin.	Matin.		3	53	25
6	lundi	s. Bruno, conf.	0	22	4	22	26
7	mardi	ste Osithe, vier.	1	42	4	45	27
8	merc	ste Brigitte, ve.	3	3	5	6	28
9	jeudi	*s. Denis, évêq.*	4	27	5	25	29
10	vendr	s. Evode, évêq.	5	52	5	43	30
11	same	*ss. Nic. et Mel.*	7	17	6	2	1
12	20. D.	s. Wilfrid, év.	8	43	6	26	2
13	lundi	s. Geraud, comt.	10	13	6	54	3
14	mardi	s. Caliste, pap.	11	41	7	33	4
15	merc	ste Thérèse, v.	1 Soir.	1	8	25	5
16	jeudi	s. Gal, abbé.	2	2	9	33	6
17	vendr	ste Hedwige, v.	2	56	10	46	7
18	same	s. Luc, évang.	3	26	11	56	8
19	21. D.	s. Savinien, m.	3	48	Matin.		9
20	lundi	s. Caprais, mar.	4	10	1	13	10
21	mardi	ste Ursule s. Hil.	4	25	2	25	11
22	merc.	s. Donat, évêq.	4	41	3	36	12
23	jeudi	*s. Romain, arc.*	4	55	4	43	13
24	vendr.	s. Magloire, év.	5	13	5	51	14
25	same	s. Crêpin.	5	26	6	59	15
26	22. D.	s. Evariste, pa.	5	45	8	8	16
27	lundi	s. Frumence.	6	8	9	17	17
28	mardi	s. Simon, s. Jud.	6	35	10	25	18
29	merc.	s. Narcisse.	7	15	11	29	19
30	jeudi	s. Lucain.	8	1	0 Soir.	27	20
31	vendr	*Vigile-Jeûne.*	9	0	1	16	21

NOVEMBRE. *Signe*, le Sagittaire.

D.Q. le 2 à 6 h. 50 m. m. | P. Q. le 15, à 7 h. 53 m. s.
N.L. le 9, à 2 h. 17 m. m. | P. L. le 23, à 10 h. 5 m. s.

J. du M.	Jours de la Sem.	NOMS des SAINTS.	Lever de L. H.	M.	Couc. de L. H.	M.	J. de L.
1	*Same*	TOUSSAINT	10	Soir 16	2	Soir 4	22
2	23. D.	*Les Trépassés.*	11	23	2	27	23
3	lundi	s. Marcel, évêq.	Matin.		2	52	24
4	mardi	s. Charles Borr.	0	40	3	13	25
5	merc	s. Zacharie	1	59	3	32	26
6	jeudi	s Léonard, c.	3	20	3	49	27
7	vendr	s Ernest, évêq.	4	46	4	7	28
8	same	stes Reliques.	6	14	4	28	29
9	24. D.	DÉDICACE.	7	43	4	52	1
10	lundi	s Léon-le-gr	9	14	5	25	2
11	mardi	s. Martin, arch.	10	39	6	9	3
12	merc	s. René, év.	11	52	7	8	4
13	jeudi	s. Brice	0	Soir 48	8	23	5
14	vendr	s. Laurent, év.	1	23	9	41	6
15	same	s. Maclou, év.	1	53	10	58	7
16	25. D.	s. Eucher, év.	2	14	Matin.		8
17	lundi	s. Grégoire Th.	2	31	0	13	9
18	mardi	s. Romain, diac.	2	47	1	27	10
19	merc	ste Elisabeth, v	3	2	2	33	11
20	jeudi	s. Edmond, roi.	3	15	3	41	12
21	vendr	Pr. de la Vierg	3	26	4	47	13
22	same	ste Cecile.	3	43	5	54	14
23	26. D.	s. Clément, pap	4	10	7	2	15
24	lundi	s. Jean de la Cr.	4	37	8	6	16
25	mardi	ste Catherine, v	5	8	9	17	17
26	merc	s. Pierre, évêq.	5	54	10	16	18
27	jeudi	s Acaire, év.	6	48	11	8	19
28	vendr	s. Sosthène.	7	53	11	50	20
29	same.	s. Saturnin, év.	9	5	0	Soir 24	21
30	1. D.	*Avent.*	10	11	0	51	22

DÉCEMBRE. *Signe*, le Capricorne.

D. Q. le 1, à 8 h. 29 m. s. | P. Q. le 15, à 11 h. 38 m. m.
N. L. le 8, à 4 h. 42 m. s. | P. L. le 23. D Q. le 31.

J. du M.	Jours de la Sem.	NOMS des SAINTS.	Lever de L. H.	Lever de L. M.	Couc. de L. H.	Couc. de L. M.	J. du L.
1	lundi	s. Eloi.	11	34	1 Soir	16	23
2	mardi	ste Bibienne, m.	Matin.		1	31	24
3	merc.	s. François Xa.	0	50	1	47	25
4	jeudi	ste Barbe, vier.	2	10	2	2	26
5	vendr	s. Sabas, abbé.	3	34	2	21	27
6	same	s. Nicolas, év.	4	59	2	44	28
7	2. D.	s. Ambroise, ar.	6	27	3	11	29
8	lundi	*Conception.*	7	56	3	51	30
9	mardi	ste Gorgonie.	9	15	4	45	1
10	merc	ste Valere.	10	22	5	52	2
11	jeudi	s. Damas, pape	11	10	7	9	3
12	vendr	ste Constance.	11	45	8	29	4
13	same	ste Luce, v. m.	0 Soir	9	9	49	5
14	3. D.	s. Spiridion.	0	29	11	3	6
15	lundi	s. Eusebe, év.	0	40	Matin.		7
16	mardi	ste Adélaïde.	0	59	0	12	8
17	merc	*Quatre-Temps.*	1	14	1	19	9
18	jeudi	s. Gatien, év.	1	27	2	26	10
19	vendr	s. Timoléon.	1	44	3	31	11
20	same	s. Philogone.	2	3	4	39	12
21	4. D.	s. Thomas, ap.	2	25	5	48	13
22	lundi	s. Honorat.	2	57	6	54	14
23	mardi	ste Victoire, v.	3	43	7	57	15
24	merc	*Vigile-Jeûne.*	4	34	8	52	16
25	*Jeudi*	NOEL.	5	33	9	37	17
26	vendr	*s. Etienne, m.*	6	43	10	14	18
27	same	s. Jean, évang.	7	54	10	41	19
28	DIM.	ss. Innocens, m.	9	10	11	4	20
29	lundi	s. Thomas de C.	10	24	11	23	21
30	mardi	ste Colombe.	11	41	11	41	22
31	merc	s. Sylvestre, pa.			11	54	23

SIGNES DU ZODIAQUE.

0 *Aries*, le Bélier.
1 *Taurus*, le Taureau.
2 *Gemini*, les Gémeaux.
3 *Cancer*, l'Ecrevisse.
4 *Leo*, le Lion.
5 *Virgo*, la Vierge.
6 *Libra*, la Balance.
7 *Scorpius*, le Scorpion.
8 *Sagittarius*, le Sagittaire.
9 *Capricornus*, le Capricorne.
10 *Aquarius*, le Verseau.
11 *Pisces*, les Poissons.

Le Soleil.

PLANETES.

Mercure.	Jupiter.	Pallas.
Vénus.	Saturne.	Junon.
La Terre.	Uranus.	Vesta.
Mars.	Cérès.	

La Lune, satellite de la Terre.

SAISONS.

PRINTEMPS, le 20 Mars, à 11 h. 4 m. du soir, le Soleil entrant au signe du Bélier ; ce qui fait l'équinoxe du Printemps.

ETÉ, le 21 Juin, à 8 h. 50 m. du soir, le Soleil entrant au signe de l'Ecrevisse ; ce qui fait le solstice d'Eté.

AUTOMNE, le 23 Septembre, à 10 h. 38 m. du matin, le Soleil entrant au signe de la Balance ; ce qui fait l'équinoxe d'Automne.

HIVER, le 22 Decembre, à 3 h. 28 m. du matin, le Soleil entrant au signe du Capricorne ; ce qui fait le solstice d'Hiver.

ECLIPSES DE L'AN 1817.

Il n'y aura cette année que deux Eclipses de Soleil, *invisibles à Paris.*

La première arrivera le 16 Mai, à 7 h. 9 min. du matin.

La seconde aura lieu le 9 Novembre, à 2 heures 17 min. du matin.

Le 30 Mai, la Lune sera dans une forte pénombre, et son bord septentrional passera à deux minutes du bord méridional de l'ombre, vers 3 heures 20 min. du soir.

RETENUES à faire sur les Rentes.

A partir du 22 Septembre 1796 (1 Vendémiaire an 5), la Loi a établi le *cinquième* sur le perpétuel, et le *dixième* sur le viager. Depuis cette époque on retient 20 fr. sur 100 fr., reste 80 fr.; moitié moins sur le viager, c'est-à-dire, 10 fr. sur 100 fr., reste 90 fr.

www.ingramcontent.com/pod-product-compliance
Ingram Content Group UK Ltd.
Pitfield, Milton Keynes, MK11 3LW, UK
UKHW021059200726
13857UKWH00003B/1018

9 782011 946935